U0701902

我们在思考，同时脑中空空。我们在阅读，同时目无所见。我们在吞咽，同时饥肠辘辘。我们在爱恋，同时冰冷无情。

《薛定谔之猫》像巨大但和气的阴影，覆盖着软绵绵的生活，所有那些无聊、衰败的时刻。

—— 鲁敏

人们常用薛定谔之猫来意象化量子力学，以为是我们这个世界的真理，吊诡的是，并不存在"我们这个世界"。或者说，你每次踏入的世界是无数平行世界中的一个，每一次踏入哪个无法预言。因此，生与死、有与无、苦与甜、幸福与不幸，不过彼此映照并同时存在罢了。

——李淼

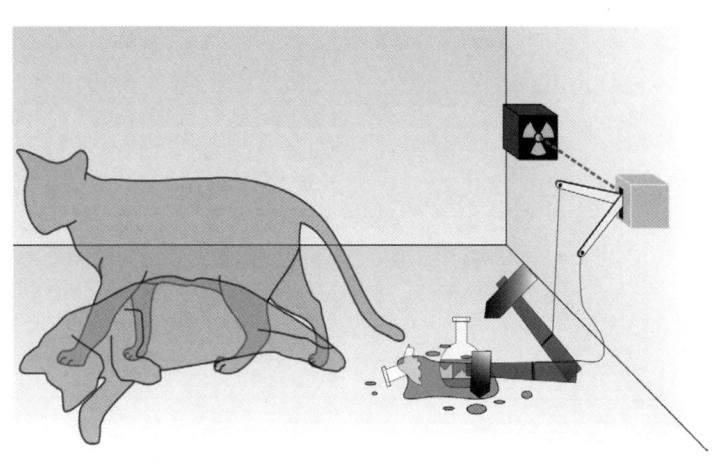

LE ~~CHAT~~ DE SCHRÖDINGER

[法]Philippe Forest 菲利普·福雷斯特 著
黄红 译

薛定谔 之 猫

海天出版社（中国·深圳）

图书在版编目(CIP)数据

薛定谔之猫／(法)福雷斯特著；黄荭译. — 深圳：
海天出版社，2014.4
ISBN 978-7-5507-1027-6

Ⅰ．①薛… Ⅱ．①福… ②黄… Ⅲ．①长篇小说－法
国－现代 Ⅳ．①I565.45

中国版本图书馆CIP数据核字(2014)第049335号

版权登记号　图字：19-2014-035
Le chat de Schrödinger
Philippe Forest
©Éditions Gallimard.2013
Simplified Chinese Edition © Sea-Sky Publishing House, Shenzhen, China, 2014
All Rights Reserved

薛定谔之猫
XUEDING'E ZHIMAO

出 品 人　陈新亮
责任编辑　胡小跃　许全军
责任校对　刘翠文
责任技编　蔡梅琴
封面设计　蒙丹广告

出版发行　海天出版社
地　　址　深圳市彩田南路海天综合大厦　(518033)
网　　址　www.htph.com.cn
订购电话　0755-83460293(批发)　83460397(邮购)
设计制作　深圳市龙瀚文化传播有限公司 Tel:0755-33133493
印　　刷　深圳市新联美术印刷有限公司
开　　本　889mm×1194mm　1/32
印　　张　10
字　　数　205千
版　　次　2014年4月第1版
印　　次　2017年4月第5次
定　　价　35.00元

目 录

中文版序

　　《薛定谔之猫》是我在中国出版的第四部小说。我要先借此机会向这本书的译者黄荭女士表达我的谢忱和友谊。大家会发现，这本新书有很多中国元素，不过跟真实的中国无涉，它近乎一种幻想——一个欧洲人仅通过文学对其产生的想象。虽然真实的中国，我到北京、上海或南京转一转就会给我一个惊艳的印象。《薛定谔之猫》时不时提到的中国——从第一页开始——是一个充满先贤智者和神话传说的神奇古国，我对它的描述很多都经不起推敲，我得承认有些故事的的确确是我杜撰的。

　　不过，这些传说故事里头，至少有一个是法国读者耳熟能详的，那就是法国最伟大的诗人之一、《恶之花》的作者夏尔·波德莱尔在他的作品中提到过的那个。在散文诗《钟表》中，诗人讲述了一则轶事，是他从天主教的传教士古伯察神甫写的有关中国的著作中读到的，那是神甫的亲身经历。诗是这样写的："中国人从猫的眼睛里看时间。一天，一位传教士在南京郊区散步，发现忘了带表，就问身旁的小男孩什么时间了。天朝之子先是犹豫了一下，接着就改变了主意，答

1

道：'我这就告诉您。'一会儿工夫，那男孩出来了，怀里抱着一只肥大的猫，像人们说的那样，死盯着猫的眼白看了看，毫不犹豫地说：'还没到正午呢。'的确如此。"

当然，这个故事不一定确切。不过给人的感觉很美好。只要像个孩子那样，看着猫的眼睛，就能从中看到映在它眸子里的时间，还有空间，乃至整个宇宙的倒影。波德莱尔曾说他对此深信不疑。同样的感受也促成了我这本书的诞生。这就是为什么《薛定谔之猫》不像传统意义上的小说，或许应该先把它当作一首冗长的散文诗或哲学寓言故事去读。在法国，还有我的作品有幸被翻译的欧洲、亚洲和美洲的一些国家，我通常都被当作是一个自传体小说——也就是现在所谓的"自撰"——的作者。的确，我所有的书，从《永恒的孩子》（它也是我第一本被译成中文的书）开始，都源自我的生活。但我的每一本书都在重写、重现我生命的故事，让我的生活变成一种新的梦境，为我打开不同的视野，让我一而再、再而三地去思考我们每个人内心的奥秘、世界的奥秘，还有"真"之不可破解的奥秘。

可以把《薛定谔之猫》当作一本"量子小说"来读。我的意思是说：它的灵感来自量子物理。书名本身就是物理学诺贝尔奖得主埃尔温·薛定谔的一个假想实验，为了让世人意识到物理学自身的悖论。从表面上看，现代物理学这一非常晦涩难懂的分支得出了一个荒诞的结论：一个事物同时是它自身及其反面，因此一只猫如果处在和基本粒子一样的状态，那它就可以既生又死。这就要求把"实在"看作是无数平行宇宙的总和。

　　我很高兴一些真正的学者在我的小说中找到了对他们所思考、所研究的疑难几乎忠实的反映。不过我不是科学家。我是作家。量子力学的方程式和实验对我而言，就像是一个隐喻，表达了一个幽晦的梦境，那是我们每个人对"现实"和存在的迷思，人生在世是一次在所有可能性中穿梭的不确定的旅行。一个隐喻？是的，正如所有隐喻，这个隐喻同样有一个字面意义和引申意义。在成为科学实验的客体之前，我所说的猫也是一只真实存在、和我一起生活过、教会我很多宝贵知识的猫，没有它，我会一直处在无知的状态。这就是为什么今天我邀请中国读者（我很高兴也很自豪你们能读到这本书）把《薛定谔之猫》当作一个童话故事去读。这本书真正的主人公是一个像夏尔·佩罗的"穿靴子的猫"或刘易斯·卡罗尔的"柴郡猫"一样神奇的小动物：这个小生灵带你进入一个奇妙的世界，你要任由自己迷失在不可理解的奥秘之中，以辟出一条通往"真"的路。

菲利普·福雷斯特

2014年3月

请科学家们
见谅

"当我读爱因斯坦写的一本物理书时，我啥也没弄明白，不过没关系：它让我明白了**别的东西**。"

——毕加索

序　曲

在黑夜里逮一只黑猫，有人说，世上最难的事莫过于此。尤其是如果那儿没有。

我的意思是：尤其是如果我们四处找寻的夜里并没有猫。

中国有一句谚语就是这么说的，但作者不可考。相传是孔子。换了是我，定会认为是一个日本僧人说的。或者是一个英国幽默作家。说到底都一样，是谁说的并不重要。

我以为自己明白这句话的深意：智者不应追寻虚幻不实之物。再没有什么比想要抓住幽灵游魂更白费心机的事儿了。自以为可以用双手抓住一只在夜里谁都看不见、画不成的猫也一样荒诞不经。

但是孔子，如果这句话真是他说的，或者是哪位假借了他名号、不可考的智者，都没有言之凿凿地说此事断无办成之可能。他只说在黑夜里找一只黑猫是再难不过罢了。

而难上加难的，是不知道猫在不在那里。

我在黑夜里睁开眼睛。线条、痕迹、影子，一个身形一闪而过。角落里有什么东西在动，发出来的波，在虚空中荡漾开去。

第一部

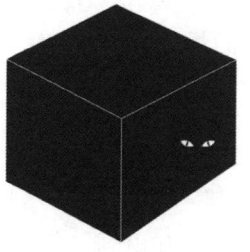

第1章　有两次

　　薛定谔的猫之于量子物理学就好像牛顿的苹果之于经典物理学和地球引力：一个说给外行听，好让他们明白一二的小故事，但说到底，他们最终都弄不明白。就当它是：一部小说，一首诗。

　　这是一个假想实验，从来没有人认真地去想过，至少设计这个实验的人一定没有想到，它可以通过这种方式来实现。把一只猫关在盒子里，在它身边放一个近乎残酷的装置。如果原子核衰变，其结果就会释放出一个粒子，盖氏计量器就会测量到放射源的存在，引发铁锤落下，砸碎一个装着剧毒品的小瓶子，毒气在密封的盒子里弥漫开来，当场就可以要了猫咪的小命。我不想说这个让很多人如痴如醉的实验有多么怪诞。关键并不在此。这个操作的原理很简单：如果在试验期间原子核衰变了，猫就会死掉；相反，如果原子核没有衰变，猫就会存活。只是，确切地说，研究这个现象的特性会让情况变得错综复杂：不能排除其中任何一种情况，两种假设在这种情况下都可能存在。只要实验继续，没有因为观测而中断，那就可以假设原子核衰变了或没有衰变，那么猫就可以是死的也可以是活的。

在想出这个实验的著名科学家薛定谔看来，实验似乎会产生矛盾的结果，如果纯粹用字面的意义去表述，那就是量子物理学和它的"叠加原理"。的确，这一原理表明，只要粒子还没有被测量，它的位置、速度和其他任何特征都可能同时处在各种不同的状态，也就是人们所谓的"叠加状态"。这样一来，比如说，只要还没有被观测，原子核就可以被认为是处在已经衰变或尚未衰变的状态。

当一样东西可以同时在又不在，同时以不同的方式存在，而这些方式又非此即彼，那么在与不在突然就不再是问题，而成了一种几乎违背逻辑的让人疯狂的观念，违反通常被认为是亘古不变的基本法则。这些法则基于思想的理性之上，认为一样事物是什么就是什么（身份认同原则），不可能是它的反面（不矛盾原则），肯定一种假设如果正确，那么和它相反的假设必定是错误的（排中律原则）。

然而，量子物理学所致力于对亚原子世界（基本粒子演变的世界）的观测恰恰让我们放弃这些貌似理所当然的观念。要走近这个领域，就应该接受这样的观点：没有任何一种和我们通常对世界的体验相符的方式可以表达实在的本质，任何语言或视觉的表达、任何图像都无能为力。所有的再现都是一种仿真，只有在教学上才有意义。因此在中学，原子是用一个类似微观太阳系的图形表现的，电子乖乖地围着原子核旋转，就像卫星在各自的轨道上运转，仿佛宇宙中无限小和无限大都以同一种方式存在。当然，这一现象谁都没有目睹过。不过把原子想象成被一层云一样的物质包围的东西更为恰当，尽管谁也不能确切地说出它的样子：某种半透明的微小雾囊，超出了人的智力范围，不能用任何精神活动去呈现。但说来说去，它还是一个意象：一个表达所有意象皆不可能的意象。

最大的奥秘就在真实最细微的褶皱里。那里运行的是和我们所知不同的法则。在那里有一个微尘的世界，一个东西同时在和不在并非不可思议。

某些理论会得出这样的结论，我感觉这是我们在中学学到的一星半点皮毛知识。同样，对于光，我们在高三毕业班学过，它是同时由微粒和波组成的。或者说它既不是微粒也不是波，而是它有时候是以微粒的形式，有时候是以波的形式呈现，这全取决于人们所做的实验类型。

4

对那些和我一样很少涉猎这些领域的人而言，量子物理学是以光一样的方式运行，用粒子的方式来建构实在。根据叠加的原则，这两种方式有一些类似的特性，是实验的规约迫使它们去选择，并赋予它们某一种特性。只有观测——有时候也会说是"波包①的坍缩"，别问我为什么——能结束量子的叠加状态，使粒子得到这种或那种状态，而此前，叠加状态是量子的特征。

不管这个理论的意义何在，这样一种想法势必会和我们的常识相悖。常识告诉我们一扇门要么开着，要么关着，人要么进，要么出，在不在房间一看便知。但正是这个常理在无限小的量子世界不再适用，我们不能恰如其分地去呈现它，物理学家们的计算成功地证明了这一点，因为这些计算预知了组成量子世界的那些实体的表现。

若要回到薛定谔提出的那个建议，就应该假设，只要它的状态不发生变化，还没造成"波包的坍缩"，那么原子就还在盒子里，没有发生裂变。这就意味着，直到有人打开那个所

---

① 一般的波是由若干种以至无限多种谐波叠加而成的，往往仍然是非局域性的。但是，在特定条件下，叠加后的波有可能是局域性的，犹如被某种曲面包裹住那样。这种局域性的波就叫作"波包"。——译注

谓的盒子的盖子去检查里面的内容之前，盒子里面的猫就可以是活的，也可以是死的。

这有违常识。但是，说到科学，大家最终承认它并不总能为我们提供正解。因为也是它曾经告诉我们，比如说，地球是平的。而且一只猫既是死的又是活的，这种说法貌似也很难让人消化。量子力学所建立的毋庸置疑的法则（一个原子可以既是裂变的也可以是未裂变的）和同样毋庸置疑统治我们所生活的这个世界的法则（在我们这个世界，一只猫要么是活的，要么是死的）显然是矛盾的。在经典物理学的法则中，我们的所思所想或多或少和习见的经验给出的直观数据是相符的。

为了试图缓解或解决这个矛盾，学者们挖空心思想了很多方案。我就把它们按照自己的理解来说一说。有一些人，可以称他们为"实在派"——像薛定谔、爱因斯坦都属于这一派，他们认为尽管量子力学是正确的，因为它可以通过实验来证明，然而它还是应该被看作是一个不完整的理论，的确缺乏一些元素，可以让它超越或消除由它所导致的荒谬的悖论。但另一些人——尤其是尼尔斯·玻尔①和他学院的同事们，也

---

① 尼尔斯·玻尔（Niels Bohr，1885-1962）：丹麦物理学家。他通过引入量子化条件，提出了波尔模型来解释氢原子光谱，提出"互补原理"和"哥本哈根诠释"来解释量子力学，对二十世纪物理学的发展有深远的影响。他也是哥本哈根学派的创始人，曾获诺贝尔物理学奖。——译注

就是所谓的"哥本哈根学派"，轻而易举地回避了这个问题，理由是从科学的角度来看，"实在"这个概念本身根本就不严谨。物理的使命，他们重申，并不是生产和我们自发形成的对"可能"以及"逼真"的标准相符的映像，而是旨在找到有效的程序去计算现象（尽管这是基于一个貌似荒诞的基础，不管这个基础有多荒诞），对它们进行预测或产生影响。因此，"叠加原理"公然嘲弄了所有关于实在的可接受的观念，而这一点都不重要。因为它的野心从来都不是要和实在相符；重要的是它必须有可操作性，只要人们要它做的事可以正常运行。

情况就是这样。

似乎是这样。

所有问题，如我们所见，都来自作用于量子世界的规则和左右经典世界的原则之间的矛盾。所谓的"退相干①原理"以其简单的内涵轻描淡写地解决了这一难题：它旨在解释量子

---

① "退相干"，即"退相干效应"，通俗的称谓是"波函数坍缩效应"，是量子力学的基本数学特性之一。指的是原本连续分布的波函数概率幅，在经历"观测"之后的瞬间退变为离散分布于某一特定点的 δ 函数（狄拉克 δ 函数，在特定的一个点值为无穷，其余所有点值为0，整个函数图形总面积定义为1）的现象。简单地说，退相干效应指的是"当没有人看月亮时，月亮只以一定概率挂在天上；而当有人看了一眼后，月亮原来不确定的存在性就在人看的一瞬间突变为现实"。——译注

世界的物体失去了它们的特性——或者说：获得了它们所欠缺的特性，因为它们和环境一直在相互作用，迫使它们明确自身的状态，这些物体因此失去了不确定的特征，当人们离开由这一原则统治的微观世界而进入经典物理大行其道的宏观世界，"叠加原理"就会渐渐失去它的全部价值。所以，那些支配光子、电子、质子行为的原则和乒乓球、滚球还有足球的运动是很不一样的。两个世界和平共处，各自有适用于各自的理论原则。在薛定谔之猫这个案例上，所有的悖论都源自那个离经叛道的想法，因为两个世界——微观和宏观的世界——都被关在了一个盒子里，让人以为同样的原则同时作用于二者。而事实上，因为"退相干"现象的存在，二者截然不同：在类似的情况下，对一个原子适用的，对一只猫而言或许并不适用。

如果我们坚持死抠那些方程式的表述，把"叠加原理"当真，认为它可以支配任何等级的任何现象，我们就要反其道而行之，假设在现实中，所有事物同时都以相悖的形式存在；于是我们可以设想薛定谔之猫所拥有的是多么奇怪的命运：命悬生死之间，只有当人们去观察它的时候才知道它是生是死。因此，它有可能在两种相反的形态中存在，产生自身的两种样子，就像一个世界中的任何东西。在这个世界里，所有实在都在分解，扩散成无数个化身——在此情况下，分身的猫就像它们镜中的像，每个镜像都在不停分岔的时间道口上走失，隐藏了所有可能的不可思议的总和。

至少我是这样理解的。

或者说：自以为理解。

不过我可不担保这个原理的来龙去脉是否确凿可信。此外，大家都知道那句名言，在一次有关现代物理原理的报告会结尾，发言者对听众说："如果我说清楚了，那就说明我的解释很糟糕。"

量子力学是基于实验和计算发展起来的，因此，对那些没怎么学过理科的人而言，只有最基础的那些概念还勉强可以理解。它动用了最尖端的科技，其中极少是基本概念，它更多地借助于数学语言，从纯抽象的构建去理解物理数据。类似一种纯精神的产物，彼此相关，在它们共处的那个形式空间完全说得通；但是，假设它一旦需要验证，那完全不能保证它们和形式空间以外的实在世界有某种维系。世界上唯一不能解释的东西，用爱因斯坦睿智的话说，恰恰在于，尽管世界是可以被解释的，而组成它的事物却是以某种数学抽象的项来换算的，而项超出了人类对物质的认知。

近一个世纪以来，思想界发生了一场真正的变革，而事实上，除了它所产生的影响，谁都没有真真切切地意识到。世界各地，在杂志上、研讨会上、实验室里，一众科研人员都对此各执一词，退一步看，这就像中世纪古老的神学纷争一样空洞无物。讨论薛定谔之猫的命运并不比当初在古老的学院里大家争论上帝是否存在的问题要来得容易，当时大家致力于寻找"贤者之石"①——某种可能的本体论证明。

最令人惊讶的，是这种崭新的理论建构似乎要把思想引入过去哲学曾经提出的没完没了的问题，关乎真实的地位、意识和物质的对立，当下和虚拟的关系，逻辑自身的建构。因此，有时候量子物理学和经典物理学的对立就仿佛是赫拉克利特的老观念对亚里士多德思想的一次反扑。对前者而言，宇宙中一件事物既可以是它自身，同时也可以是其反面，因为在宇宙中心，一切都在相互转变、相互交融。同样，所要寻找的隐藏在数学公式晦涩的神谕背后的实在——与否——的问题，其本身就像是第欧根尼②所处的那个"杰出哲学家"辈出的时代。第欧根尼描述生命，发表观点，反对"教条"，认为世界是可以理解的；而怀疑论者反驳

---

① 贤者之石（pierre philosophale）：拉丁文为Lapis Philosophorum，是中世纪炼金术士们绞尽脑汁想要造就的灵石，被认为能将非贵重金属变成黄金或制成长生不老药。也称"哲学家之石"、第五元素，等等。几百年间，贤者之石就像是传说中的圣杯一样，吸引着欧洲一代又一代炼金术士沉浸在制造贤者之石的伟大工作之中。——译注

② 第欧根尼（Diogène，约前404-前323）：古希腊哲学家，犬儒学派的代表人物。——译注

说并非如此。亚里士多德用他坚不可摧的理性驳斥怀疑论的种种诡辩："那些纠结于雪是否是白色的人只要看一眼就知道了。"但不知疲倦的皮浪①主义者并没有就此缴械投降，他们反驳说任何事情都是"偶然的、不可衡量的、不可决断的"。凡此种种，究其底跟一个世纪以来原子科学引发的论战和思辨都极其相似。

不过我要就此打住，免得自己跑题。

一切都围着一个焦点在兜圈子，同样的论据都指向唯一一个无法解决的问题，说到底，就是实在和认知。如果认知存在于表象之外，那么意识怎么产生，又以怎样的形式呈现？或许这是一个想不通的问题，因为过去和今天的哲学家们最终都一筹莫展，恰恰都达到同样的认知程度或无知程度，彼此都以属于各自时代的不同语言表达了同样的无能为力。若果真如此，那么我们看到如下的情景也就不会太过惊讶了，at the end of the day②，穿着白大褂的学者们，在他们推理过后，只需要在走出实验室的时候制造出一个悖论的寓言，其主角是

---

① 皮浪（Pyrrhon，约前360—前270）：古希腊哲学家，怀疑论的创始人。他认为事物的"现象"存在，认为"现象永远是有效的"。但他否认现象的真实性和我们关于现象所作出的判断。他说"最高的善就是不作任何判断，随着这种态度而来的便是灵魂的安静，就是影子随着形体一样"。——译注

② 英语：一天结束。——译注

一只猫。一个和很多寓言故事没太大区别的小故事——正是借助这些寓言故事，在古希腊广场附近，披着托加①的哲学家们在街市的浮尘中论战。而且不妨想象他们同样也拿出一只猫来证明实在不存在；或相反：实在存在。

毕竟，他们的确曾用乌龟来否认运动存在，而这显然有悖事实。

童话。或许在童话世界里有效的，在现实世界里并一定完全灵验。但如果人们要用来解释现实世界时，哪个童话都不比别的强，都不能最终说了算，唯一的明智之举就是承认，这不能也不应该是它们的目的。

假设实验可行，我想也不会有一个科学家真的认为盒子里的猫既是死的也是活的，两个世界套在一起，里面是一个既生又死的动物。"叠加原理"没有地位，至少我是这么理解的，它只是通过一个必要的假设，来描述一个只针对非常特殊规约下的粒子实验，并预见它所产生的结果：说到底，就是纯粹的概率计算。当人们意识到它并不取决于观测——通过（一个超高倍显微镜）肉眼看到，真实同时呈现的相反面貌，但这是不可能的——而更取决于实体呈现出来的抽象的量子状态，也就

---

① 托加（toge）：古罗马人穿的宽外袍。——译注

是矢量，被称作"态矢量"，每一个实体都可以被看作是由无数个分解的实体构成的。还是说我们通过数学形式推断出粒子叠加的特性吧！但如果把这一切都搬到实在世界，在同一个微小的空间，形象地展示一个既生又死的造物，直到天意决定赋予它两种状态中的哪一种，这另当别论。

一切就就像是：这就是我们所能说出的一切。

就像是那粒微乎其微、被我们称作粒子的尘埃，人们赋予它纯理论性的存在取决于几个方程式抽象的复杂运算，它悬于两种状态之间，任何一种都不完全是它的状态——或者说：任何一种都是它的状态。必须荒谬地假设这样一种不确定性，才能把一个反映物质不可思议却确凿可信的特质的实验全过程想清楚。

就像是：这是学者用的字眼，也是孩子和诗人用的字眼。发生的一切就好像是我们生活的这个世界既是原来那一个，又已经是另一个了。关在一个黑盒子里，生命各种潜在形式都被压缩在里面，各种事物和它的反面都并列着，各就各位。一个童话？从前，有一次，或者不如说：从前，有两次。之后又有两次，又有两次。如此到无限。同一个古老的故事在永恒的夜里成倍地繁衍，只要有人在那里，相信它，它就会以无穷无尽的形式讲述各种可能。

关于尼尔斯·玻尔，有一个很多人都知道的轶事：他的一个弟子去拜访他，有点愤慨地注意到大物理学家的房子上装饰了一块马蹄铁做的吉祥物，便对他说，很奇怪像他这么激进的思想家怎么会有这么幼稚的迷信举动。大学者毫不避忌，回答道："就算人们不信，它好像也照样灵验。"

就当它是：一首诗，一部小说。不必当真，赌一把运气。不过人们还是会相信，并由此投入寓言故事里，相信它永远都是真的，会在虚空中继续一只在时间的岔路口走向无处的猫的历险。

第2章 当所有的猫都是灰色的时候

何时？

就像我们说的，当所有的猫都是灰色的时候。

太阳已经落山，云层遮住了月亮和群星，掩住了整个天空，透不出一丝光亮。它出现在花园的某个角落。就当它是在离丁香树两步之遥的那株几乎干枯的高大的橡树脚下好了。隐没在阴影里，就在那个看上去比别处更黑暗的角落里。

我说我见过它。不过，老实说，当人们还没有跟猫处熟之前，猫总是谨慎地和人保持一定的距离，所以人们从来都看不见它们。至少是看不真切。在它们逃走的时候，我们的余光才瞟到那个动作：它们跑开时在空中留下的依稀身影。只有这个动作表明它们曾经在那儿。但转瞬便消失不见。它们的的确确离开了原来待的地方。那儿有什么在动：一个身影从树梢上滚下来，窜到草地里，穿梭在花丛中，跳到低矮的屋顶上，然后借着那把短梯越过一道墙。

然后，什么都没有了。

人们说，应该是只猫。

我说它出现过。但它来得太快了一点。或者这句话反过来说更贴切。虽然看似很不符合逻辑，但的确在看到猫到来之前，我们先看到的往往是它的离去。这个经验鲜有例外：它的消失先于它的出现。在目睹一只猫到来之前，我们先看到它的离开。一切就是这样开始的。从结束开始。就像第一次。我事先没有注意到它的存在，只是看到有什么东西消失在黑暗中。当时并不是夜里。而且也不是发生在花园。那也未必是第一次。也许真是第一次。应该先明白所有这些话的含义。并不是我在瞎扯，只是我真的不记得了。或者说，我不能决定要把的确发生过的这么多个"第一次"中的哪一个当作是唯一那个"第一次"。

当我注意到这个现象并给它命名之前，这样的事情显然已经发生过很多次了。因此，在这一次之前，已经有过好多个"第一次"。同样也出现过很多次。或者说，消失过很多次。或者说，显现过很多次。必须见过多次之后我才能意识到所见的都是一回事，可能就是那只唯一的动物在附近如幽灵般出没。首先，它的存在不过是一种假设。我没有任何证明，确定那是同一只猫。可能有好几只猫，只是我分不清楚而已。经常我不能肯定看到了什么，只感觉到黑暗中有一个身影掠过。在我目力所及的边缘，有什么轻轻动了一下，微乎其微，几可忽略。不确定是什么，任何东西都有可能：比阴影稍暗一些的影子从背景中不露痕迹地跳出来，突然从这头蹿到那头，转眼消失在黑夜最黑的深处。

因此，像我这么谨小慎微的人，不会草率地说自己见到了一只猫，而只会理智地承认在自己眼前，曾经出现过一个像猫一样的东西。时（黑夜）空（花园）中，仿佛有通往虚空的出口就在它身上，它和随时都会在空中破灭的小肥皂泡一样，一时乍现，飘忽不定，转瞬即逝，所以把它们归结为物、事，甚至现象就着实有夸大之嫌。至于要从这些不确定、偶发的现象中去寻求一个能把一切都联系起来的事实，那就是一个更虚幻的奢望。不妨把所有这些事件都归结为一个根源，假设它们跟它有一种符合逻辑的联系，有一条合情合理的线把彼此穿在一起。最后得出结论，为了让所有这些如尘芥的琐事都存在我们的脑海里，最简单的方法就是把一切都归结为唯一一样东西（一只猫）。于是就有了一个再寻常不过的解释。有果（不管是哪种果）才有因。

既然任何东西都不可能无中生有，既然这个世上的一切都有其存在的理由。

至少，人们是这么认为的。我也一样，通常我都更愿意这么想。和大家一样。只是对自己说，应该是附近的一只猫在挑选一个栖身之所。这么一来，我很快就能看到它了。好歹能看到一次。但在什么时候？什么地方？之后就会越来越常见到它。随时随地。

唯一存在的就是那些我们在某个时刻决定去相信的东西。

电话里：

"你见到猫了，今晚？"
"我是见到一只猫。"
"另一只？"
"或许是同一只。"
"上次见到的那只？"
"我不知道。"
"你应该能认出来的。"

"天太黑了。"

与其说我们同住在这座房子里，不如说我们是轮流出现在这里。很少有我们都在房子里的时候。但这样的时候也有。因此，夏日的某个星期天下午，在我所谓的"第一次"前几周，八月末阳光无比灿烂的某个午后，当时我们在露台上喝着咖啡：

"在那儿！你看到它了？"
"什么？"
"猫呀！"
"在哪儿？"
"那边。"
"我什么也没看见。"
"它走了。"

当时我和我的猫在一起。我说："我的猫。"但任何时候我都没有把它当成是我的。如果我说"你的猫"，并非想把这只猫的所有权推给她，而是站在我的角度，我丝毫不认为这只猫是属于我的。它只是不知打哪儿冒出来的。这必然会引出一个问题：想知道它到底是打哪儿来的。

我生性喜欢思辨。前世我可能是一个智者。我这是在吹捧自己。前世的我显然不够严谨，更别提我所欠缺的抽象思维应该具备的那份聪明。我猜想，看云观星跟痴迷于斗转星移的天文学家的推算只有一点遥远的关系，或者和那些在实验室操纵粒子运动的物理学家有一丝关联。

以我的方式，我并不能为自己的想法辩护，这个想法就是我正在刻意寻找一种体验。晚上，我就在那里，在屋后朝花园的露台坐下。吃过晚饭，我喝着威士忌，抽着雪茄。我在观察。观察什么？不观察什么。就是看着虚空。看视野被围墙框住的院落里深深浅浅的影子重重叠叠。用"院落"来形容一小块四四方方的沙地确乎有些夸大其词。沙地上只种了四五棵树，没铺草坪，像这样的土质就算铺了也长不好，杂乱生长的是苔藓和矮草。到春天，虞美人和雏菊恣意地盛开，雏菊长得茁壮，花瓣是一种奇异亮眼的明黄色，可能是原来住在这里的业主撒的种子，从来没有人花心思去打理，但每年都会春暖花开。

一处院落？不如说是一个大沙坑，就像人们让无聊的小孩子玩耍的场所，孩子们用小铲、小桶、小耙把沙子装起来又倒出去。只有在黑黢黢的夜里，一眼瞥过去，才会给人一种无边无际的错觉。我就像那帮小孩子中的一个，为了打发无聊的时光，把沙子堆的城堡砌好了又推倒。我等待有什么东西显现。有时候，什么都没有发生。有时候，我看见——或者说我以为自己看见一个影子飞也似的消失在黑暗中。也有的时候，没注意到它走近，我突然发现它就在我身边。或许它是受了厨房里亮着的灯光的吸引。或许它已经一动不动在那儿待了好几分钟。离露台两步之遥。最终为了吸引我的注意力，它才"喵"地叫了一声。

这种体验有何用处？我只是傻傻地看着日落，看黑夜如何慢慢来袭，淹没了整个世界——就像所有人在某个不确定的时刻所做的一样。这个时刻随时可能到来。眼睛第一次看到太阳隐没在地平线上，被大地吞噬。它们试图去辨认，在眼前蔓延开来的无边无际的新的虚空中央，几乎不可察觉的是怎样的现实。

我看着黑夜。我在窥视。我心里有了一个想法，整个空间都被装进这个花园大小的方块里，如果把最高的树当高，把邻居家的墙当四边。我看到它装满了某种黑色的物质，蕴含了所有从中可能出现的影子，就像一个吸墨的容器。而墨是一种不知从何而来又会渐渐浸染一切的物质。

这种物质是流质的，它非常缓慢地覆盖在沙子上，贴在各种形状上。它色泽灰暗，质地黏稠。在被它吞噬的物体上的反光就像黑潮产生的现象一样：黑色、浓稠的潮水慢慢淹没了海岸，就像花园尽头仿佛有一张嘴，缓缓吞没了一切。那只猫第一次出现的那个黑暗的角落，并不是一个洞。更确切地说，是空出来的一个间隙，邻近的两堵墙角度没对好，在金雀花后面，挨近地面的地方，一个类似三角形的豁口。豁口太小，就算趴在地上，也很难把头伸进去——不过谁要是真想这么做也难免太傻了一点。这个豁口出去一两米通道就堵死了，不过同样也可以认为它通向另一个空间。在夜晚来临时，黑暗淹没一切。

应该假设猫就是从那里冒出来的。从那个洞里，从黑暗里。假设在某个地方，在流水般的黑暗中心，在这块空中铺开的水面上，或正好在水面下，在几乎深不可测的透明的虚空中，水流变了道拐回来，倒影在水中一波三折，波浪从花园深处非常缓慢地打过来，出于偶然，或出于深思熟虑。这一现象有点像"自发的生产"，化身为一只猫的模样，从黑暗中孕育又从黑暗中脱离，让自己的身影从黑暗中挣脱，朝屋里灯光照亮的露台奔去。就像一次黑暗的孕育：有什么东西从无中生出，由一个子宫神秘地分娩下来，黑色的羊水破了，黑水流到沙地上，一起排出的还有一个活生生的造物孤苦伶仃的脸。

我眨着眼睛，想看看这个生命从何而来，却是白费力气。

所有这些想法都在我的脑子里翻滚。我很清楚它们和实际对应的事物有点不成比例。显然酒精和闲愁对此并不陌生。夜色降临在海边一座小屋的花园里。在那里，有一只猫，受到能找一个有吃有住的落脚地的吸引——这也合情合理——恬不知耻地跑来碰运气，却拨动了一个男人的心弦。这个男人处在两个年龄段中间，还不算老但也已经不再年轻了。他抽着雪茄，手上端着一杯威士忌。一个有些冷漠的人。或者说，那些夜晚，只有他一个人会推开通往厨房的门。对他而言，夜晚的来临会否勾起他对事物的起源和人的命运的忧伤沉思已经完全不重要了。

这就是一切。

我不如把杯中酒干了去睡觉。

再没有什么可说的了。同时，窥视黑夜，试图刺探影子是怎么形成的，留意这些影子如何填满空间，直到获得独立存在的那一刻。它们从虚无中挣脱，慢慢朝我走近。我仿佛感到又看到了一个非常久远的工作，已经放弃很久了，它的存在只是让我得到片刻的消遣。

这是个古老的故事。

我只是有点惊讶，它会以这种方式重演。

第3章　偷偷地

　　从前。我几岁？五六岁的光景。或许更大一点。孩提时，我常久久地躺在床上，等待睡意来临，外面完全安静下来。我在期待。先得等黑暗慢慢侵袭、吞没整个房间。最阴暗的地方是朝走廊的门边：衣橱门关不严实，露出里面一格格整齐的搁板；窗户拉上剧院幕布一样厚厚的窗帘，椅子上堆了一堆衣服。一旦光线隐去，白天的这一切都被夜的墨汁涂得面目全非，就像一个墨池慢慢把墨汁挥洒在空中，让一切跟吸墨纸一样浸透了夜色。先是一块块墨迹慢慢晕染开来，飘浮在空中像黑色的小云朵，最终汇聚成铺天盖地的黑暗，占据了一切。

　　突然，我的眼皮无意识地眨了一下，眼睛合上了，睡意已经压在眼皮上。只要有那么一秒钟不留意，我面对的那些黑暗物质就会突然从背景中挣脱出来，而我毫无察觉。一个浪打来，盘踞在时间的中央，在空间慢慢漾开，涌过来直到将一切淹没。但它的运动是如此缓慢，我几乎看不真切，分辨不出连续的涌动，丝毫分不清朝我涌来的是什么浪，只意识到它的浪尖慢慢在向我逼近。仿佛黑暗向前运动的方式不是持续的，而是不断地、让人毫无察觉、一小跳一小跳地涌过来。当黑暗之浪触及一个新的物体——玩具箱、书橱，最后是床脚——这些物体就成了黑暗的俘虏。于是黑暗的势力越来越大，改变了物体原来的样子，把平日熟悉的形状都变成黑暗中轮廓模糊的抽象的庞然大物。

我想，我是睡在一块岩石上或一只小木船上，迷失在汪洋大海。暴风雨欲来前的平静，天空像一个盖子，黑压压的，海水朝我漫来，而我无处逃遁。两场暴风雨之间那段平静、那段焦躁不安的时间，仿佛置身在黑暗张开的口中。世界就像一个正在关上的盒子。

操场上，课间休息的时候，孩子们玩的游戏都和那个叫"一、二、三，太阳！"的游戏大同小异。一个人背对着大家，靠在一棵树上，闭着眼睛，大声地数数，数一下拍一下树干。"一、二、三"表示黑夜，"太阳"表示白天。其他玩游戏的小朋友站在墙脚，数到"一、二、三"的时候可以动，数到太阳的时候他们就不能动了，看谁能第一个偷偷走到数数的人跟前。数数就像唱儿歌，数到"太阳"的时候表示天亮了，谁都不能动。孩子们要利用三秒隐身的时间偷偷走到树的跟前。如果被数数的人看到白天了你还在动，那你就必须回到操场那端墙脚。直到小伙伴中的一个走到数数的人跟前，把手放在他的肩膀上，把站在树底下的他换下来。

让人碰到自己，就是让死亡碰到自己。

不管游戏叫什么，规则几乎都是一样的。有叫它"一会儿是猫，一会儿是雀鹰"，也有叫它"蜘蛛"。游戏和游戏之间稍有变化，但规则几乎是一致的。我现在也不肯定自己是不是把它们都搞混了。被任命为猫（或雀鹰，或蜘蛛）的小朋友，当他碰到其他孩子时，可以跟他们互换角色，对方成了他。但反之则不然，因为，规则大家都很清楚，谁都不能认猫为父。所以要么囚禁他，要么让他叛变。

有时候，被抓住的猎物手拉着手，在操场的一角站成一排，等着依然自由的玩伴过来碰他们，于是困住他们的魔法解除，他们得救了，可以继续玩游戏。但更经常的是，被猫抓住的受害者听命于猫，好像他们也变成了猫，或者就好像猫附在他们的身体里。被附了身的猎物越来越多，出发去抓其他小孩子，就像抓害虫、抓老鼠一样四处围捕他们——除了在某些高处，如长凳上、台阶上，在那里只要大喊一声"高高在上"，被追捕的孩子就得到了庇护。最后时刻免不了要到

来，孩子中最后一个幸存者，一个人面对其他所有孩子。如果
铃声没有及时敲响，宣告课间休息结束，等待他的就是最后致
命的一击。

至少，我记得的就是这样。

今天，我在学校附近，听到课间休息时孩子们的吵闹
声，很久以来，我都不再有心情去看里面发生了什么。不
过，我会想，忍不住会去想，一代代是不是一直在玩同样的游
戏？怎么玩的？从来没有人把这些游戏写下来，那些规则每个
人长大了就忘了，但在游戏中却代代相传，以儿童游戏的形
式，猫和老鼠之间永恒的战争得以延续。

伟大的游戏总是在夜里重新开始。墨色无边无际的天空
从天花板上蔓延开来，慢慢地和从地面上浮起的黑雾会合。世
界的两半就像上下颚吻合了。或者，正相反，它们张开一张大
嘴，把一切都吞进它们深不可测的肚子里。我对房间的大小已
没有任何概念。走廊上的灯光从半掩的门里透进来，变得很微
弱，不能照亮任何物什。所有形状都隐没了。渐渐适应黑暗的
眼睛开始工作，再不能辨认出事物的样子，只能从虚无中想象
另一个世界，在虚空中创造出未知的造物新的轮廓。那个虚空
像一个洞，一个隧道的入口。隧道通往一个地方，一个最隐匿
的所在，没有任何出口；或者通往一个遥远得如同创世之初的

所在。闭上眼睛。再睁开。连续做几次。仿佛我想飞快地捕捉到那些朝我爬来、飘来的所有生物，把它们当场捉住。而它们慢慢逼近我的床边，用棉絮般令人窒息的拥抱围住我的栖身之所。

就在我要睡着的时候，心底里有什么浮现了。我无法形容它，仿佛一个破碎的身影：某种比黑夜更黑的物质形成的云，飘浮在地面上，闪着微光，因为它有淡淡的反光。在寂静中不着痕迹地前进。我不知道自己是期待还是惧怕这个时刻。它将一直蔓延到我身上。但这个时刻永远都不会到来，因为就在我感到它近在咫尺的当儿，我就沉沉睡去了。

模模糊糊：这个即将触到我、把我也变成它，变成"猫"的东西突然喑哑了，一句话也说不出来，一声也喊不出来，甚至没有力气在我的床上说"高高在上"，因为我已经被我初来的睡意俘虏了。

第4章　皮影戏

或许，事情就是这样发生的。不管怎么说，就目前而言，最简单的，莫若这样去介绍它们，仿佛一切都是这样发生的：一天晚上，一只猫来了，当时的情形我已经说过了。然后呢？然后，什么都没有了。不过，还是有。我的想法越来越离谱，连我自己都觉得有些荒谬。我自己也注意到了。它慢慢脱离了所有日常熟悉的事物。我不能跟任何人说正发生在我身上的事情，因为，这件事情连我自己都没弄清楚。

它是从什么时候开始的？这个我也说不上来。我无法想象我刚描写的这么一件微不足道的事情会是我注意到自身细微变形的理所当然的根源。我关注那些毫无意义的东西：从花园深处经过的一只猫飘忽的身影，它周围是浮游在各种事物上的重重叠叠的影子，最终关乎创造的内容。

最终我说："你的猫。"因为是她最先看到的，但那也不是她的猫，而是别人的猫。或者更可能它不属于任何人。慢慢地，它养成了自己的习惯。首先是在花园里，然后是在门半敞着的棚屋，她在里面给它放了一个篮子，一条小毯子，喝的，还有吃的。最后，它当然进了屋。那一天我不在家，她让它进来，它就在屋里安顿下来了。我和她总的来说是轮流住在这里，只是偶尔在家。而它，大多数时间都待在屋子里，自然就成了主要的住户。当我在屋子里睡觉的时候，我感到它才是房子的主人。我的意思是：它收留我在屋子里住。

我正在经历人生最平静的阶段之一，感觉就像是在放大假。隐居在一个简陋的、不起眼的海滨度假地，跟休学术假一样，而且还不在旅游旺季，仿佛是跟老天协商它才同意的一个假期，尽管事实显然并非如此。此外，很讽刺的是，在别人看来，我是一个挺忙碌的人。很多时候只要装装样子就会给人这样的印象。之后就用这个错误的印象当挡箭牌，没有什么比这个更容易的了：躲在一个貌似很忙碌的日程表后面，而事实上是无所事事。而无法解释的是，无所事事也能占用所有的时间。

　　一大段 far niente①的日子。就像一个漫长的星期天。因为不能把时间花在一些值得一提的事情上，人们便编出各种以为自己全身心投入的大而空的任务，比如看云飘过，看草生长，看潮涨潮落。就我的情况而言，照顾一只猫就够我忙活的了。晚上我在家睡的时候——有时候每周两到三次，有时候一个月都睡不了一天——我都是这样度过的：要是我跨过门槛的时候没有看到它，我就会到处找，看它可能躲在哪里：放猫碗和篮子的地方，然后是房子附近。我走两三百米来到海边，沿着两边种了很高的树和花丛的路走着，好几次都看见它从花丛中钻出来。如果我找不到它的踪迹，我就回到我在花园里的老地方，靠在露台前的那棵树上，抽着雪茄，然后端着我的那杯威士忌，看着花园深处，那堵干枯的金雀花后凿了一个三角形的小洞的墙。我站在那里，凝视着黑暗慢慢向我袭来。

　　不能说我把所有时间都花在这上头，但这好像已经成了我不会错过的约会。

　　如果我要对自己的人生做一个总结，我会想别人会怎么看待这件事。人们会自然而然地认为，如果我不是彻底疯了，就应该是有心病。而就他们对我的了解——或自以为了解——也完全能够谅解我在独生女去世到今天这十五年来的生

---

① 英语：无所事事。——译注

活：我用自己的方式，继续原来的样子，和任何人一样扮演自己的角色。不管怎么说，我并没有完全离群索居，我继续和周围的人来往，但只要一有机会，我就会避开他们，只和几个人保持联系。家里的氛围是孤独的，我只是偶尔才出门，通常也就是不合时宜地亮个相，这也成功地打消了某些人想跟我结识或再打交道的念头。

我感觉自己是走偏了一步——更确切地说，是走偏了半步——一半的我从此已脱离这个世界。如果我想知道为什么，最简单的或许就是我刚才已经说过的理由。但是，显然并不是所有经历过类似人生考验的人都会像我这样反应。对我而言，或许有一个更深层的理由，那就是我的性情。人生的变故让它显露无遗。

我既处在生活的当下，又似乎置身其外。不过我可能夸大了自己命运的特殊性。或许命运对每个人而言都是如此。

疯了？我真希望自己疯了。但是，老实说，我的脑子过去很冷静，现在也一样。我对现实的认识依然是那么清醒，没有幻影也没有幻听。我也没有赋予我在黑暗中花了一点时间去观察的征兆任何超自然的意义。此外，坦率地说，我再重复一遍，我并不是常常这么做。因为我谈论它，所以它一下子变得非常重要，而实际上它并不比任何一种短暂而无害的癖好更重要。谈论自己的生活总会有些失真，正因为如此，相信别人谈论他们自己的话是再轻率不过的事儿了，哪怕他们非常诚恳。

若要把事情都说出来，我只有一种奇怪的感觉，仿佛我的生活中有什么事情在重复发生，把我带回孩提时最初的令人悸动的不安。我自己的，所有人的，全世界的。有白昼，有黑夜。千百次，亿万次，甚至更多——如果我们认为，在我们小小的太阳系因天时而有规律地运转之前这种衡量时间的方式也适用的话。

不过，从某种意义上说，这一切仿佛只发生过一次一样。白昼，黑夜。永远如此。事实上，正好相反。黑夜，白昼。有黑夜，然后有了白昼。就像所有寓言故事，都说黑暗如何诞生了光明，因此黑夜总在白昼之前。一生二。最终黑夜再次来临，那是生命最真实的时刻。

我曾经说到过变形。这里也是，"变形"对于我想说的意思而言是一个有些夸大其辞的词语。看上去，我貌似一成不变。至少，变化不显著。也没有人在我身边让我意识到这一点。是我自己在记录这些细微的变化，而且，也只有在我独自一人的时候。这便是为什么这样的情况往往都发生在晚上，我一个人在空荡荡的房子里独处之时。

我是我，又是另一个我。那另一个我也是我。这两个我哪个都不比另一个更符合真实的我自己。我谈到的这两个我，无论哪个都同样是我自己。他们和平共处，相安无事，只不过生活在两个截然不同的世界。或许这两个世界构成了同一个世界，只是它们彼此如此陌生，成了相对封闭的两个世界，比邻之隔却若天涯之远。

我只是尽我所能去表达我的意思。我刚刚表达的意思就不对，我说两个世界就像是比邻而居。首先，我说：两个世界。这已经是一种简化了。肯定有更多。没什么可以阻止我们去认为世界有无穷个。其次，在无穷个并非是叠加的世界里，每一个世界里有一个我的形象。它们给人的感觉应该说是彼此相容的，仿佛它们占据的是同一个空间，却奇妙地保持彼此些许不同的样子。

我所感受到的经验的特殊性就在于所有这些世界都处在一个对等的平面上，彼此没有等级之分，任何一个都不比另一个更接近现实——或非现实。当然，正是在这个问题上，会让语言感到有点绝望和无力。语言？我错了，我说得太快了。不是语言。因为我完全可以用语言解释清楚我的所思所想。我一直都在不停地解释给自己听，我应该也可以解释给别人听——如果有人愿意听我说出内心的想法。当然我也知道这些想法很无聊。缺的并不是词语，而是画面。没有任何可以从日常经验中提取的画面来印证我所说的话：成千上万个世界和在每一个世界里都有一个的成千上万个我，占据的是同样的空间、同样的时间，而彼此间存在一个难以觉察的时差和错位，每一个都可以说是另一个的先声。这一点，我可以说清楚，甚至是说给别人听。但我不能把它展现出来，我甚至不能把它展现给自己看。

　　没有一个画面合适。我当然可以用心理学的语言来描绘我所处的境遇，解释几年来，或许是一直以来，我如何感觉自己飘浮在虚空之中，没有任何空间和时间的坐标可以给自己定位。自由自在地悬浮在一个没有符码，没有上下、远近、前后之分的世界，心里只有一个念头，自己只是飘浮在一个完全错乱的世界里的一具空空的皮囊。我不会说自己这是在瞎掰，因为这种感觉完全可以用清楚而通俗的方式表达出来，就像人们常说的：我找不到北了，迷失方向了。十五年来，我有足够的时间把这些想法在脑子里翻来覆去地掂量，去尝试理解我所提到的事情如何突然让我完全丢失了sens commun[①]。我用 sens 这个词是一语双关。也就是说，我既感到自己的存在失去了本应被赋予的意义，同时也失去了本应被赋予的方向。或者说，反之亦然。

---

① 　法语：常识。sens 既有"意义"也有"方向"的意思。——译注

但愿这样的一番话可以比较圆满地表达我所处的境遇，但要把这种境遇具体地呈现出来，结果就不尽如人意了。我找不到合适的画面，最终认定这样的画面是不存在的。我感觉到的处境就像试图在脑海中用某个维度去呈现一个物体——就像数学家所说的那样。而我们当下的经验，对空间的认知把我们约束在三维空间，最多可以再加第四维时间维度。我们知道的也就大抵如此了。如果到了五维，更不用说到了六维以上，脑子就不好使，要罢工了。并不是大脑无法抽象地构思一个这样的空间和空间里的物体。有一些数学论证可以让大家对此有一个基本的概念。这些数学论证并不复杂，在中学就会教到。但不管思想走多远，都没有办法用一个具体的形象去表达这件事情。若勉强为之，你就会碰到至少和最恐怖的寓言里的怪物一样可怕的东西。

真是一个叫人头疼的中国拼板游戏。

我以为类似的感受就是为我之前提到过的精神体验准备的。或者说正好相反：是我的精神体验让我开始进行相似的类推。我说得很简略，因为一个多维度的空间和我刚才提到的重叠交错的世界并不是一回事。前者被用来指代后者，只是因为脑海中没办法呈现那个图景。我只想说——如果我敢说的话——我开始构思自己所处的境遇，不再满足于用我此前一直在用的有点贫乏的心理学语汇去描述它。这种诠释就算没错，也可悲地把现实压平了，逼它在一个比现实少很多维度的空间里显形，只得到一个处处受拘囿的样子。

拿一个容器（一个三维的物体），把它的影子打到一个布景（一个二维空间）上，你会得到一个忠实却不完全的投影——因为，投射这一行为让它失去了三维中的一维。或者，如果你愿意，你可以想象玩中国皮影戏也是同样的道理。后面放一个光源，就可以把物体的形状打在幕布或白纸上，你就得到一个剪影。仅此而已。它不能告诉你光线下你拿在手上的物体有多厚实。用这种方式得到的影像可能完全是骗人的。同样的剪影可以对应外形迥异的好几样物体，或者说同一个物体也可以有几个不同的剪影。

中国皮影戏。

我开始用另一只眼睛去看待一切。这已经持续了好几年了。我对这一戏剧能创造出来的所有神奇人物都了如指掌。在黑暗中，我把他们的故事讲给自己听，就像我曾经提到过的那个孩子。我意识到，我其实一直都是那个孩子。

在人生的某一个时刻，每个人都会在黑暗中睁开眼睛，开始有些担心眼前的一切，意识到原先自以为了解的一切都要从头去认识。突现的景象掠过你的脑海。通常都是一闪而过。一眨眼的工夫。当眼皮合上，一道看不见、摸不着的黑幕突然出现在眼前，遮住了整个世界。

不过我说得太刻意了，真实的一切其实要简单很多。人们发现自己站在夜里，面对黑暗。也只有在这个时刻，人们会去思考那些本质的问题。

我已经说过，所有事都是信则有、不信则无。因此，自己讲故事给自己听的时候就要格外小心，因为不管是哪个故事，一旦开始了，就不知道它会不会在某个时刻成真。

故事，等人们一旦意识到，就已经开始了。我的故事现在貌似有点即兴，有点无厘头，平淡无奇。要改变它为时已晚。除了到它要引我去的地方外，我别无选择。一只猫有一晚来到花园，在黑暗中不知道从哪儿突然冒出来，好像某个悬浮在虚空中的东西突然以这个样子呈现在我面前。

我想，如果我有一个哲学家或学者的头脑，就应该对我沉溺其中的体验好好推敲一番。如果我已经走上了这一条路，就没有任何办法让我停下来。因为一切都要去重新认识。应该重新审视我已习惯的所有概念，而这远远超出了我的智商和情商，更别提我的勇气和精力。因此最理智的方法，就是暂时满足于我眼睛所能看到的一切。

　　眼下就是：这只黑夜里的猫。至少试着去解答它向我提出的问题，因为这些问题本身就已经够复杂了，而且说到底，它们和所有其他问题一样重要。要找出它是谁的，打哪儿来，尤其是要把我带到哪儿去。仿佛它是游走在黑暗事物之间的一道灵光，一个信使，给我一个朦胧的启示。

　　那么，它捎的是什么信？

第5章 白夜

　　该回到本质的问题上了。这些问题通常都是孩子们提出来的。大人们回答不出来，就假装这些问题不存在。有时候也有例外，比如哲学家、学者、诗人，他们也和小孩子一样一筹莫展，最终和小孩子得出的结论也差不多——都得不出结果。

　　"我们以前在哪儿？"

　　"出生前？"

　　"是的。"

　　"在妈妈的肚子里。"

　　"这个，我知道。"

　　"那还问？"

"所有人都这样？"

"是的，所有人。"

"那之前呢？"

"在什么之前？"

"之前的之前呢？"

不知道谁在说话。就像我们在夜里听到的对话。在时间的暗夜里，两个声音一问一答。我们不知道谁在说话，甚至不知道是今天的声音还是过去的声音，是一些即将出生的还是已经逝去多时的人的声音。两个影子之间的对话。在我失眠的时候，脑子里的想法一直在兜圈子，我就会常常听见它们。一个孩子在跟他父亲说话。或者，跟他母亲。我在跟某人说话。或没有人。或许是自言自语。或者说，我沉默。我听他们说。我努力竖起耳朵听他们说。这是已经让我花了好几年时间去做的练习。努力在黑暗中捕捉只言片语。仿佛要说服自己，古老的对话一直都没有终止，它一直在某个地方继续。

为什么总会觉得有什么东西而不是一无所有？这个问题似乎是莱布尼兹提出来的。他本应该聪明点儿，只满足于提出问题，不去寻求答案，而不是像他所做的那样，宣称既然总觉得有东西而不是没东西，那就应该有人先做出这样的决定。

一个孩子对此都知道得比我们多。

"那么在人出现之前呢？"

"在人出现之前，地球上有动物。在地球上，除了动物，还有我们所知道的一切：海洋、山脉、森林、河流和花朵，天上有白云，更远处有太阳、月亮和所有星辰。"

"那再之前呢？"

"再之前？"

"是啊，在地球、太阳、月亮和天上所有的星辰之前呢？"

"再之前，我不知道。就算有什么东西，也没有人可以见证。"

"有黑夜。"

"应该和它差不多吧。"

"没有光？"

"什么都没有。"

"那么天空、太阳是从哪儿来的？还有地球和所有一切？"

"从无中来。"

"谁把它们放在那儿的？"

"不知道。没有人，我想。有人说是某个人。"

"谁？"

"他们称他为上帝。"

"他是谁？"

"谁都不认识他。有人相信他存在，有人不相信。"

"那你呢？"

"我？我不相信。我只是认为鸿蒙之初就是空无一物。"

当我女儿还活着的时候，她还很小，疾病让她夜里睡不着，她喊我，我踩着古老的红木楼梯上楼去她房间看她。有时候尽管打了吗啡，病痛还是会影响她的睡眠，我就躺在她身边，给她讲故事。一些童话故事，关于她，关于我们。我以为她所期待的只是我熟悉的声音在黑暗中喃喃地对她诉说。当我把我所知道的故事都讲完了，我们又聊了很长时间，直到最后睡意降临，这时天也亮了，光线从房间唯一一个天窗透进来。现在，我对自己说，即使我知道这很荒谬，趁现在还来得及，她想听我讲全世界所有的故事给她听，好像那些故事我全知道似的：过去的、现在的、将来的所有故事。从不可思议的万物之始说起。因为那些故事我并不知道，所以我就开始编。

我想自己就是从那时起开始说故事的，至今已不止十五年了。因为在那之前，我从来没有说过任何故事。只是用一个友好的声音陪伴着她而已。不能为她做别的什么。从那以后我就没有停止过。即使是以另一种方式。我自问自答。我把自己的声音借给她，或者说是她把声音借给我。我越来越少做梦。但在夜里，我的脑海中有时候还会浮现某种隐秘的交谈，于是我重新捡起一度中断的话头。我答应过她要把故事讲完。我尽我所能去信守诺言。"信守诺言"，这话说得还真贴切。我们用手能握住的除了诺言别无其他。为了不让诺言像其他东西一样掉在地上。或者因为只有诺言才让我们有所记挂。为了不让自己堕入一切都要把我们拉扯进去的虚空之中。

"那一开始呢？"

"一无所有。就像天漆黑一片一样。"

"很久？"

"很久。因为那时还没有太阳，不能数日子。好像时间还没有开始计时。"

"这一切都发生在哪儿呢？"

"到处，无处，一个巨大的虚空。世界的内部空无一物。"

"那它旁边呢？"

"世界之外也一无所有。就像一朵黑色的云，并不比一粒灰尘大，却蕴含了一切。"

"星星、行星和天上这一切呢？"

"这一切都是后来才有的。"

我从不知道到底是吗啡——还是那一堆药里面别的物质是她应该吞下去的。我从来没有真正想过要去弄清楚。只要病痛有一刻平息就好了。那时候，她好像出现了一种很平静的谵妄，说的话充满奇怪的诗意，就像所有她这个年纪的小孩子一样。但在她身上，有一种更奇特的东西。或许是因为她的脑子已经受到了药物的影响，或许是病痛让她变成这个样子，她只是尽她所能去回应。如果没有人竖着耳朵听她说，有时候她会编故事说给自己听。故事听上去颠三倒四，没有逻辑，但仔细去听，就会发现思路虽然有些绕，却一直没有中断，话语在黑暗中慢慢摸索，就好像在一个她以自己的方式编出来的童话里。她在身后撒下和在月光下熠熠生辉的白色小石头一样的词语，沿路做好标记，她以为这会让她远离吃人的妖怪和森林。

她具体说过些什么，我现在已经忘记了。有时候我认为是自己故意忘记的。显然是因为我无法忍受回忆，无法继续生活在回忆之中。我在想我为什么会想不起来。如果我想起一个词，一句话，那会是像在属于我的黑夜里，我的脚突然碰到了她从前留下的小石子一样。我只要沿路走下去，这些小石子就可以把我带到她的身旁。

仿佛她是在半梦半醒之间，在那些最黑暗的时刻。可是，当一切稍有好转，她的梦却留了下来。她会把她的梦讲给所有想听她说话的人听。听她说梦的人都会被她的梦迷住。我不记得我们当中到底是谁先有了那个荒唐的主意：无论如何都要继续说下去，只要故事没讲完，我们就会安然无恙，什么也不会降临在她、在她母亲、在我身上。尽管要费心去编一个离奇的故事，厚重到可以蕴含世界上所有的记忆。

"然后呢？"

"然后像云一样的灰尘变成了像灰尘一样的云。"

"在冬夜，因为很冷，就变成像雪花一样？"

"相反，是很热。像炭火一样炽热，或者像沸腾的锅底下烧的火一样热。锅盖被掀起，蒸汽四处冒出来。"

"一个小锅，牛奶煮开了满了出来。"

"不过它很小很小，里面的东西溢得到处都是……"

"满了出来，然后充满了整个天空……"

"是的。"

"原来如此，就因为这样才会叫它：牛奶路①……"

"我们所见寥寥无几，而我们所不能见却多得多。因为一切都被裹在云里，甚至连光都透不出来。"

"然后就有了星星？"

"很久以后才有。很大，但在四周黑色无边的虚空中就像白色的小斑点。"

"很远。"

"远得等它发出来的光传到我们这里，某些星星已经死了。"

---

① 法语la Voie lactée直译为牛奶路，指银河。——译注

"它们死了很久以后我们还能看到它们的光？"

"是的。"

"你能想象吗？"

"不能。"

"我也不能，这个想法太高深，没办法记在脑子里。"

　　她去世的那一夜，我想是我这一辈子度过的唯一一个不眠之夜。在她身边我无法入眠。我决心不错过她所剩无几的每一分每一秒弥留时光。癌症已经感染了另一个肺。插管。在心脏停止跳动之前，她不时从药物产生的睡眠中蒙眬醒来。她的舌头已经麻木了，堵在嗓子里说不出话来。于是，我几小时坐在她的床边，在重症监护室里讲故事给她听。我不停地讲。不知道她听到了什么，或者说不知道她听不听得到。

　　我不停地讲，一个故事接一个故事，我已经不知道这些拙劣的故事到底有什么意义。我已经不记得了，一点都不记得了。或许是试着给她解释其实我自己也不比她更懂的事。在她耳边说着我自以为是我编出来的故事，我想这一定很像过去所说的临终圣餐的场景。对垂死者说的话仿佛就是给他们到另一个世界的微薄盘缠，活着的人傻傻地以为那些盘缠可以买到他们一路走得安详。如今更与何人说？若有十万分之一的可能她有机会听到我说话，而此时漆黑的夜色已经在她床上升起，就像一块令人心碎的虚无之布，被时光拉着，盖住了她的身体、她的灵魂。

再说一次又有何益？

"它们死了很久以后我们还能看到它们的光？"

"谁？"

"你说过的，星星啊。"

"是的。"

"我已经死了，就好像是睡在黑暗里。"

"是的，是这样的，我想。"

"可是，没有噩梦吗？"

"没有，没有噩梦。"

"然后呢？"

"死去的人睡在黑暗里，但其他人继续看到他们留下的光。"

"一直都能看见？"

"只要光在虚空中旅行，就会有人在某个地方看着它从天空经过。"

"永远都不会结束？"

"不会，从某种意义上说，永远都不会结束。"

当然我还编了之前所有的故事。我真希望自己可以记得。说一点真实的东西，而不是自言自语。

今天，我一点都不记得她曾经说过的话，也不记得我曾经对她说过的话。那些话仿佛飘浮在虚空中。不属于任何人。它们就像是一颗颗在空中脱离了轨道的小星星，光还在闪耀，而它们自己已经熄灭好多年了。

再说，人们也不知道是谁在黑夜里说话。除了黑夜里的呢喃，再听不到任何声响。

第6章　没头没尾

那一夜？还是另一夜？怎样才能确切地知道一个故事到底是从什么时候开始的？

我今天要说的故事是和我以前提到过的有什么东西"第一次"以猫的模样出现在花园深处一起开始的。只是我很清楚，这里所谓的"第一次"并不是真正的第一次。我之所以这么认为是因为在此后很长一段时间，发生的很多事情都让我以为有什么东西是和它一起开始的。或许是我一厢情愿编了这个理由，为了让之后发生的事情变得有意义。甚至可以假设它之所以可以被当成一系列后来让我上心的事情的最初一个诱因，显然是因为这个以猫的模样出现的时刻，在其他一连串事情当中是某个因素，所占据的位置不同，故而意义也不同。

因此，为了弄清楚是什么让它成为"第一次"，就应该寻找在它之前意义从何而来，这样它一下子就失去了"第一次"的价值。

因此，没有"第一次"。在这种情况下，就得把脑海中模糊的记忆逐一想起，直到让自己确定在某一刻，看到这一幕：一天夜里，一只猫突然出现在花园尽头。当我认真去回想，努力去窥视它曾藏匿其间的黑暗时，我又想起另一些相似的夜晚，每一个夜晚都仿佛和那一晚休戚相关。

在有黑夜以来，都是同样的夜晚，在黑暗中，一个孩子眨着眼睛。

那意味着，所有的都是"第一次"。总是同一个夜晚在不停地重复。每一刻，一切都会重新开始。从零开始。一切曾经、现在和往后，不管是什么时候，都会重来，仿佛都是第一次。以至于那个微不足道的事件——一只猫从黑暗中窜出来——仿佛在每一晚都会发生，而我们所见到的这一幕也和时间一样古老的那一幕混为一谈。每一夜都一样，而每一夜都是崭新的：世界周而复始，不断地重复，就好像它在我们眼前，正在黑暗中成形。

所以，表面上看起来很矛盾，其实没有一个故事是真正从头开始的。事后，人们只是假装它是这样开始的。总是说

"从前"，指定过去的某一个时间，其后发生的事情都由此演绎而来。尽管因果循环，分不出哪个是因，哪个是果。只有在你确定了某一个时间点之后才有可能——甚至是必须——给它找一个根源。于是，要上溯到此前，不可避免地要循一个相反的路径。

花园成了皮影戏的一个舞台，我所窥视的黑夜让我想起其他夜晚，这个夜晚仿佛是最后（因为它是最近的）也是最初（因为通过它让我进入其他夜晚）的。如此一来，所有的夜晚都混在一起，直到最古老的夜晚。

就这样，我在寻找我生命降临的时刻。每一个画面对其他画面而言都像是一块幕布，上面透出彼此的影子，在所有这些重重叠叠的影像之上，是唯一虚无的内核，从童年来，在我所说的所有夜晚投射出它缺席的身影。

在我已经度过的人生的上游，穿过我提到过的那个场景，应该上溯到所有"第一次"的第一次。就像某种创世记：在我的梦中，我就是这样看待那一幕的，那只猫不知从何而来，在虚空中勾勒出它的样子。仿佛和它一起，在这个由花园变化而来的露天实验室里，就像是夜里进行的一场思想实验，我见证了这一古老的无中生有的现象。

首先，一切皆空。黑暗深不可测。无数的黑色物质把光明裹住了。一堵不可逾越的墙挡住了视线。之后，有东西出现了，慢慢扩张，充满了空间和时间。它创造了一切，一切就这样诞生了。

这一切是如何发生的？当然，对此谁都一无所知。甚至包括学者，虽然他们的工作就是求知，当他们坦言说他们编织的不过是些寓言，并说如果凡夫俗子粗心地把这些寓言和现实混为一谈并非他们的错，解释说这一切在一百四十亿年以前就开始了，可以追溯到最初的那一刻。但很快他们又明确指出原初（著名的"创世大爆炸"）只能是一些不可靠的推断，因为所有理论都不能用来推算这个最初的混沌景象。为了便于解释，他们创造了一个意象（这就是和创世大爆炸几乎一样著名的"普朗克之墙"①）来指出这个边界，这个边界之外曾经发生的一切我们就一无所知了。

这么一来，也就是说对于原初，基本上就是我们爱怎么说就怎么说——甚至可以怀疑谈论这个问题是否有意义。想象

① 普朗克之墙：法文为mur de Planck，也称"普朗克时期"，是物理宇宙学中以马克斯·普朗克为名的时期，指在宇宙历史中最早的时间阶段，从0至大约10秒（普朗克时间），在那个时期重力的量子效应是很重要的，也可以说是时间最早的时刻，普朗克时间也许是最短的时间间隔单位，而且普朗克时期也仅仅持续了如此短暂的瞬间。在这个时间点上，大约137亿年以前，相信万有引力与其他的基本力一样强大。这暗示着所有的力都有被统一的可能性。——译注

一切都从一个无形的点开始，这个点蕴含了全部并以自己的方式在宇宙中朝四处不断地扩张。或者，也有别的说法，假设一切皆空，就像一个充满虚拟粒子的场，以它自身的能量，仅仅通过振动让这些粒子得以存在。且不提其他五花八门、彼此矛盾的构想，在一个像我这样无知的人眼中，它们的区别只是多一点诗意或少一点诗意罢了。

寓言，一切不过是寓言，尽管它们基于各种观察和计算。说白了都是空谈，因此也不用太讶异听上去它们跟传说一样，因为传说遵循的也是这样的范式：用一些类似的意象去指代那些无力去言说的东西。

因此，说穿了，每个人说给自己听的创世故事并不比专家们最先进的理论更接近或更偏离真理，因为所有人和它的距离都是一样的，都被挡在那堵不可逾越的无知之墙的墙脚，能做的也都只是梦呓。

既然如此，那我的经验和别人的经验也一样。况且，我对宇宙及其诞生的想象和学者在书上写的也相去不远——如果大家读书的方式和我一样的话。那是绝对的虚空，一切时空的概念都没了意义，仿佛它们也在等待什么东西来填满。

关于"第一次"，关于它因何而来又如何呈现，最好还是少说为妙，不要去追究那个影子的来龙去脉，在花园的尽头，它以"猫的模样"出现在我眼前。这就是为什么我把它称作是"普朗克之墙"。而且，有一天，我的心情比平时好：我给住在隔壁别墅从未打过照面的德国学者起了"德·普朗克"①这个绰号，我和他仅花园尽头的一墙之隔，而我猜想猫就是从那堵墙后面跑出来的。

所以说，没有"第一次"。

甚至在我们讲故事的时候，讲一出戏或一则寓言，虽说我们想怎么编就怎么编，但编来编去，这些故事和其他所有故事都万变不离其宗。都有开头、发展、结局。一个寓意。因此所有人都会对它产生认同感。

这就是为什么我们想怎么讲就怎么讲。总有事情发生——不管是大事还是小事。从这件事出发，以我们所希望的方向和形式所讲述的任何故事都包含了所有故事。

而生活，它却是没头没尾的。有时候，终即是始，始即是终，或者半道就定了分晓。无论哪个时刻都可以因果轮

①　普朗克（Max Planck, 1858-1947）：近代德国伟大的物理学家，量子力学的奠基人。——译注

回。当我们讲故事的时候，一个既定的事件，它既可以是故事的开端，也可以是故事的结尾，可以凭个人的喜恶，把它浓缩成短短的一幕（一天晚上一只猫在一个花园里），或把它扩充成一个在时代的大舞台上演的一整出戏。如果愿意，也可以把故事拉长到天荒地老：从世界走出虚无不可思议的那一刻，到或许同样不可思议的世界复归虚无的那一刻。

第7章　无处

在哪儿?

在无处。

就像虚空中一片混沌,这片厚重的虚无把一切吞没在夜里:空间,时间,浑浑噩噩地四处蔓延,像一块一望无际的毯子,四个角都挂在不可思议的天尽头,或许宇宙就是一块看不见摸不着的幕布,从挂杆上掉了下来,在虚空中飘浮。

除了黑,别无其他。夜是那么黑,仿佛中间染了一点深浅不一的紫色。如果用指尖压在眼皮上,就会看到大朵大朵的花儿盛开,池塘的水面上苍白的睡莲;水底闪耀着点点星光，仿佛一个反光的陀螺，围着它的尖头旋转。几百万年来，一圈圈的光影在空中四散，再没有回到原点，也没有找回它曾经有过的状态，而是撞在一个鼓看不见的内壁上，鼓声嗡鸣，回应的只有时间徒劳无谓的跳动。

除了空，还是空，时间也无法抓住任何可以赋予它意义、给予它方向的东西。以前，人们说，光和暗被分开，有了天空，把天上和地上的水分开。后来，人们又说，当一切复归无穷小，所有造物都回到虚无的王国，于是一切重新开始。也可能不会。那是什么时候？如果这是开始或结束，根本就没有办法去说明。茫茫黑夜统治一切，既没有之前，也没有此后，既没有昨天，也没有明天。

世界没有上下，深渊洞开，上下可以颠倒位置，我们站在一个空洞前面，空洞延伸到无限。一望无际——或者说，没有任何东西可看，也没有人在看——凄凉、荒芜的混沌，一切形状都被束缚住了，宇宙平坦一片，所有东西都失去了维度，沦为一个平面、一条线、一个点——是的，一个点，一切都在那里聚集并沉没。

住哪儿？

我住在这儿。

现在。

至少我的证件上是这么写的。

可是，谁会带着护照来海滩呢？

可以看见远处的桥。在右边，东边，陆地上。夜里，微弱的灯光晕出它红色和白色的身影，桥头堡像天线一样直插云霄，桥面架在两座旱桥上，整座桥像一道彩虹，横跨两岸，望不到头。海湾两边的灯光都熄灭了。

西边，是大洋。或许它从我眼前就开始了。河水入海流。在某个地方，却说不出具体在哪儿。河流把陆地上汇集的淡水推向大海，和潮汐带来的海水撞了个满怀。

这里，不管怎么说，大家就已经称它为海了。今晚，海水退得很远。眼前只有一片茫茫的沙滩，露出颜色显得更深更暗的礁石和水洼。之后，看到的是一个个像踩着高跷的梦游者，那是岸边用整齐的方木桩架空的棚屋的影子：大大的头颅，嘴边挂着收起的渔网，细长的爪子就像蜘蛛蟹一样撑着地面。可是，后面的海岸线却完全看不见了。只有一条黑带，浓墨一般，分不出地平线上的水和天。

天尽头，仿佛是一个沉沦的深渊，所有景物都可能突然滑落，跌进地球的另一边，被一张巨大的嘴巴吞没，嘴唇上是湿湿的口水，牙齿上是经年的牙垢。只听到波涛汹涌的声音，海浪拍过来退回去，又涌过来撞在水边的礁石上。风吹来一阵阵浓浓的海腥味，是大海退潮时留在海滩上的各种脏东西散发出来的。

海水之上，就只有夜色。空中的云和河水流动的方向相反，从海上飞快地飘过来，月亮就像一个静止的救生圈，以自己的节奏起起伏伏，在烟雾缭绕的云山云海中不停地穿行，时隐时现。

当我到这里的时候，太阳已经落山很久了。这就是为什么我很难想象这里白天的景色。我在路上吃了晚饭，把汽车停在长街的某个地方，绿树成荫的长街从村子的这头蜿蜒到村子的那头。或者我也可以把车开到沙滩的木栅栏边，木栅栏是用来阻挡汽车开到沙滩上去的。我点燃第一支雪茄，在黑暗中漫步，然后走上回家和回花园的路。我凝视着黑夜。

我在这儿做什么？我有时候也问自己。我常常想，就是在这里，所有的故事都会终结。我的故事和其他所有故事。海边一个陌生的地方，或许我以前也曾经来过这里。年复一年，海湾的沙子越积越多。卢瓦河把陆地上的沙石冲到大海，抬高了海床。如果想到海里游泳，甚至在涨潮的时候，也要走好几十米，海水才能没到腰的位置。我对自己说，长久以往，当大海退潮的时候，总有一天可以从河的这边走到那边而不湿脚。风景几乎是静止的，没有变化，仿佛时间好多年前就停止了。巨大的沙漏破了，刹那间，里面的沙子和玻璃碎片撒了一地，给世界蒙上一层深深浅浅的沙子，一切都在陷落。沙丘上种了树和稀疏的、高高的茅草，被风吹得伏倒在地。海水退却的沙滩，黑暗中分不清一切从哪儿开始，在哪儿停止。眼前看到的是被夜色侵袭的沙地，可以和撒哈拉沙漠一样广袤，也可以像孩子们在花园里玩耍的沙坑一样小。

我的脚下是海水和沙子。

现实？

一无是处。

虚无的雪花云絮。

什么？

我不知道。

是它也是它的反面。

是波还是微粒？

水和沙，大海和沙滩，水滴和颗粒，在无数个小宇宙里，每一样东西都不同于其他，但当这一切都混在一起，它们仿佛就互相依赖，再也分不出彼此了，看到的只是这一切绘制的巨幅图画，在画中，一切都在消解。

我看着脚下的沙滩，风起了，画出表面规则的褶皱。更远处，大海波涛层叠，起起伏伏。沙滩和海水之间，退潮时，长长的前滨装满了风景。黑暗中，水和沙混在一起，化作巴洛克式的奇怪拖痕，时舒时卷，像阿拉伯风格的图案，勾勒出高高低低的地势，宛如一个个小洲。

说故事的人会满足于剪出一小块真实的空间，宣布它可以用影子的方式接受剩下的所有画面。就好像古老的迷信，只要魔法棒一划，就能在沙地或天空中画出一个四方，说它就是一个银幕，上面放映的是世界的奇观，他认为只有自己才能赋予它至高无上的意义。

与其做一个埋首在实验室的学者，我宁可要这个我为自己打造的有些自得的形象：在自家花园前，或者就像现在在沙滩上，看黑色的小小云朵飘来飘去，以为可以在这些小小云朵的行踪里读出时光蕴含的信息。我就像一个可怜的小先知，笨拙地摸索着预测这门古老的技艺。

从前，先知们根据动物的内脏、鸟的飞行预言未来，观察闪电和流星，能从中看到一些征兆，他们的特长就是在大海留在沙滩上的符号中读出未来。他们显然可以。现在轮到我像一个傻瓜。我现在所做的有点像。

我在脑子里画出一块空地，里面经过的都是同样形状的东西，在夜里四处逃逸。一切都只是身边的尘埃和影子。

世界被分成亿万个元素，而它们又组成一条唯一持续不断的现象链，其间的任何东西都不能与其他东西完全隔绝。既静又动。始终如一又不停地变幻。周而复始地回到它失去的样子，不断地抛弃它刚刚投身的状态。

一边出现，一边消失。

然后，一切重新开始。

第8章　胡桃树之屋

天色已晚，我回家了。

沙滩和房子之间有两三百米远。在走到房子所在的大路上之前，只有一条小路要走。几盏微弱的街灯和几家房屋的灯光照在路上，难得有几户人家在冬天也没有离开。我从来没在路上碰见任何人。在一年当中的这个月份，这里连一只猫也没有。

或者说，恰恰相反：这里只剩下猫。尤其是在这个时间，夜色早已降临。它们数量之多让人难以置信。在我回家的路上，五分钟里，我每次都至少能碰到三四只猫，从四处窜出。看到它们突然从树丛或汽车底下出现，飞奔过街，然后消失在一栋房子的矮栅栏后面。又或者：看到一只猫，一动不动地坐在路中央，只有当人走近了，它最后才会逃走。但没有一只猫会到沙滩上去。为什么要冒被海水打湿的危险呢？它们的领地，真正的领地，是在栅栏后面，在一栋栋小楼和花园里，或者是体育场和学校附近的树林。树林的一边延伸到村子的尽头，另一边被现在随处可见的丑陋的商业区切断了。

不知道它们是流浪猫、被遗弃的猫还是猫的主人放任它们夜里自由出来游荡。它们过着双重生活，白天是温驯的，夜里是野性的，守护着这块它们给自己划出的领地，在这里抓老鼠、捕鸟。如果说它们面对所有其他小动物表现得无畏无惧，有些个头大的就没那么容易逮住。互相打斗，或者说尽量巧妙地掩饰，不让别人看见它们的争斗：竖起毛发，伸出爪子，冲着对手哈气。当然，还有一幕不容易被人看见，那些主人出于好心没有阉割的猫咪，躲在角落里偷欢。

我在花园里看到的猫就是它们中的一员。在它住到我家之前它是它们当中的一员，不过它并没有丢掉过去的习惯。有时候我会在离房子有点远的地方遇到它。或者不如说，我看到一只猫，我以为是它。不能完全肯定。在黑暗中，所有的猫都一个模样，分辨不出它们的颜色。它们远远地跑开，甚至连它们的影子都看不清。

完全也可能是另外一只猫。

在这个季节，所有的房子都门窗紧闭，或者说几乎。房子也几乎一个模样，半个世纪前当村子变成海滨度假地时以同一个样式飞速造了一批第二住宅，以满足附近的大城市和首都客户的需求：房子建成奇怪的山间木屋的样子，通常都是单层，木屋顶不对称，房子正面的底部挖出三四个三角形，就像一个到处可见、写着同样不可解读的象形文字的三角楣；此外，房子周围是一模一样的小花园，草坪在沙地上很难生长，不过松树倒是长得很快，只有它们的影子升向空中，高耸入云。

我住的房子和它们一样。我说我住在这栋房子里，尽管这是我正式的家庭住址，也就是我的证件上的地址，这样说挺夸张的，应该说这只是我偶尔来住的地方。这是她的房子。我说"你的房子"就像我说"你的猫"一样。房子是她三四年前买的。为了把我们所有的东西都搬进去。我们已经很久没有那种住在什么地方的感觉了，我们只是过客，被生活赶出了家门，并且知道永远都回不去。但人们需要一个地方让他们感觉是属于自己的。

电话里：

"你回来了？"
"刚到。"

"我留了晚饭和明天的早饭。"

"我在回来的路上吃过饭了，就在附近的餐厅。"

"如果太冷，就把暖气调高一点。"

"锅炉发出的噪声太可怕了。"

"希望它还能撑一阵子。有信件吗？"

"没有。除了广告传单和两三份账单。"

"你要上床睡觉了？"

"我在花园里再喝最后一杯，再抽一支雪茄。"

这里的人——我想说，那些在投机者和度假游客到来之前就住在这儿的人，把这座房子称作"胡桃树之屋"。树一直活着，长在院子的角落里，露台的右边。寄生虫让它皱巴巴的树皮上的白斑越来越大，在树干上啃出一个个洞，人们把石灰糊在树上。尽管枝干遒劲，但之前的业主显然修理过它，四根对称地从树干伸展开去的大枝丫都被砍掉了。这真是毫无美感可言的砍伐，树从此元气大伤。被砍了树梢，几乎没了树叶，尽管如此，还是零星结了几个果子。今年，它们和往年一样也熟得比较晚，还能看到枝头挂着几个胡桃。但大多数果子都已经掉到地上，因为谁都懒得去捡，它们就烂在地上，胡桃皮变成一摊黑乎乎的泥，让树干四周的地变得像吸满了墨汁的纸一样滑。

有时候我问自己，这座房子名字的由来是不是因为一个阴森的文字游戏。房子先是代代相传，之后在几年间被倒手过一两次，最后房子落在一个村民手里，几个上了年纪的邻居还记得他，聊得欢的时候偶尔会含沙射影地提起他，却从不直说。会聊起他亲手砌的围墙，他种的枫树，或他在花园一角盖的棚屋。当他们给这栋房子取名的时候，想到的或许是他。

他是某天晚上淹死的。他去了海滩，之后再没人见过他。几天后，大海把他的尸体冲了上来。可能他只是出去捡贝壳，或者散散步。不过这里的人没有散步的习惯，只有游客才喜欢。潮水突然卷走了他——可是这里的海水涨得很慢，这种假设显得很不可靠。他更可能是误入流沙带，陷在里头不能自拔。是打那以后，才竖了指示牌警告大家小心？也不妨设想他径直冲着大海走去，很清楚自己在干什么，冰冷的海水漫进他穿的高筒胶鞋，漫到他的腰、他的肩，他继续往前走，任海水淹没自己——如果这是可能的。从来都没有人知道。如果他是自杀，他却从来没有提过是什么原因促使他这么做。不过大家想死的理由几乎和想活的理由一样多。而且哪个理由都不比另一个更好——或更糟。

很奇怪，有时候，我会想象这个男人吊死在最高的树枝上，风吹着他的身体慢悠悠地在空中摆动。这或许是因为胡桃树不吉祥的恶名，民间古老的迷信认为胡桃树影会勾走躺在树下的人的魂魄，一些久远得人们都忘了年代的传说认为它是死亡之树，树的周围游荡着冥王哈得斯的狗，那是巫魔夜会的所在。而且我觉得吊死和淹死很像：一只看不见的手掐住了喉咙，越箍越紧，身子扭动着，徒然地在水中或空中寻找支撑，脚绝望地尝试能踩到什么，最后生命终于放弃了挣扎。

说实话，有时候我看到吊死的人是我自己。房子挡住了花园。从街上一点也看不见。要过好几天才会发现尸体。住在隔壁的某个邻居到海边度周末，当他打开百叶窗的时候才看见。就是这样一些不祥的念头也会潜入到夜里。黑暗中，世界又把白天的种种还给了我们：回忆、不安，好心的精灵和邪恶的精灵混在一起，简直就是一群魔鬼和我说过的各种幽灵在傻傻地游行。

我并不是真的相信幽灵之说，不过我一直有种荒唐的念头：自己住在一个死人家里。但如果大家想一想，只要人们住在一栋有点年头的房子里，那说到底我们都是住在死人的房子里。我们不过是此地第N个过客，各种幽灵迟早都是从这里经过，而我们也终要和他们会合。

有人自杀了。为了给我腾出位置。为了避免我重蹈覆辙。

"那猫呢？"
"不在。"
"它出去了？"

"看来是的。"

"它可能去邻居家借宿了。"

"像往常一样。"

"像往常一样。"

"或者出去溜达了。我想我从海滩回来的时候在后街上见过它。"

"它想出去就出去。"

"它要觉得不好意思才怪。"

如果我上吊或溺水，同样永远都不会有人知道是为什么。当然，大家少不了会有各种揣测。以大家对我生活的了解——或者说自以为了解——一定众说纷纭。难的是要说出哪一个才是真正的原因。但有时候，一个微不足道的原因可能比一个堂而皇之的理由更关键。细节触动机关。黑暗。甚至在脑子里会突然引起像地震一样的影响。因此，人们永远不知道一个人为什么会结束自己的生命。那些采取行动的人并不总是那些最有理由要这么做的人。自杀的人，我想，他自己或许都不清楚到底是因为什么。

死有很多理由。或许跟活下去的理由一样多。这就是为什么生者和死者几乎都维持着某种平衡：不是我们要活要死，而是我们听天由命地活着或死去。有几次当我想自杀的时候，我知道是什么让我活了下来。和剩下的一切比起来，我的理由真的是微乎其微，但它却让我一直活了下来：好奇、愚蠢地想知道接下来会发生什么，急切地想了解等待我的空虚的明天是什么样子。最微不足道的理由却可以促使你自杀。不过，话说回来，同样无关紧要的原因可以救你的命。

至于我，我感觉有什么活物要来看望我。这在我看来就是一个活下去的充分理由了。我等着它的到来。我很好奇今晚它会不会在那里，从哪儿经过，在什么时候、什么地方我会看到它的身影在黑暗中出现。或许我可以给影子重重的混沌赋予什么样的意义，在它的身影周围，在夜里慢慢清晰。就好像这个微不足道的谜语能抵世界和人生所有无穷无尽的谜语。

并不是因为我希望这样去解答这些谜语。我得比我现在轻率很多才会相信一只猫掌握着天地混沌的秘密。而且，我也知道，其实并没有秘密。或许正因为如此，它才会教我，不知道从哪儿来，到哪儿去，对周围的一切都毫不在乎，在昏暗中走过，不流露一丝兴趣。

虚无的使者。

空虚的天使。

第二部

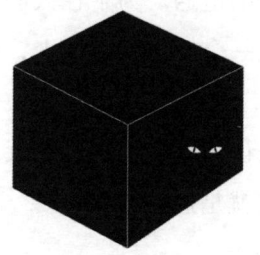

第9章　奥卡姆的剃刀下

构思这个实验的时候，薛定谔不能理性地想象未来会给他的猫带来什么离奇的遭遇。为了在人们的记忆里停留一会儿而把自己的名字留在一个假想的实验上，这件事情总让人感觉有点残酷的讽刺意味。之所以想出这个实验只是为了反驳一个理论，而最终它被公认为是这个理论最天才、最具代表性的说明。薛定谔之猫恰好就是这种情况。

1935年，当薛定谔阐述这一著名的实验原理时，他的目的在于和当时所有对他的伟大发现——"波函数"——的恣意演绎保持距离，这些演绎的目的是为了推断出一些在他看来荒诞至极的结论。他捣鼓出来的小寓言，自己都认为很"滑稽可笑"，从中要得出的寓意在他看来容不下任何模棱两可。

一只猫可以同时被认为是活的和死的，这在他看来显然荒诞到足以让整个理论都变得不可靠。这个理论正儿八经是基于这样一种假设，得出这一模式的不确定性，并借此去认识实在，而最终发现实在自身其实是不确定的，这就跟承认一张把很清晰的物体拍糊了的照片跟一张把模糊的物体拍得很清晰的照片一样。

就像在他之前的普朗克和爱因斯坦一样，薛定谔无意中打开了潘多拉的盒子，眼前出现了一种对世界的观念，它毁掉了所有理性地去描绘世界的可能性，这让他心生恐惧。他的贡献在于推进了路易·德布罗意①的研究，确立了那个有些异想天开的假设：所有的物质都同时具有微粒性和波动性，每一个电子都有一个波——或者更确切地说是"波包"，也就是说波长不等的波的叠加，波的同步决定了该电子可能的位置。薛定谔让这一观念形式化，发展了波动力学，给原子一个全新的概念：原子被包围在某种虚拟的云中，而云对应的就是电子在原子核里所有可能占据的位置，从而计算出电子在某个特定位置的可能性。

就是这样。

---

① 德布罗意（Louis de Broglie，1892-1987）：法国物理学家，1929年诺贝尔物理学奖获得者，波动力学创始人，量子力学的奠基人之一。——译注

不过这就足以掀起一场革命，将所有习惯的思维方式统统打倒。

几乎在薛定谔解决这个问题的同时，另一个学者，海森堡[1]从另一个方向研究同样的问题，决定对原子做抽象的描述，只通过数值来衡量，这种数值通过一个所谓的矩阵来计算。如果仔细想想，这真是不可思议，因为薛定谔的波动力学和海森堡的矩阵力学同时得出了同样的结果，尽管两人使用的方法大相径庭（薛定谔研究的是波，而海森堡却是用数字矩阵），而且两种方法的构思截然相反：薛定谔并没有放弃对实在做一个描述（"波包"在可统计的雾中包围着原子），而海森堡完全背弃了这种奢望，认为所有描绘实在的类似尝试都毫无意义，而且完全没有必要。

虽然二者道不同，却殊途同归，似乎都打破了对物质所固有的传统观念。一方面，借由矩阵计算提出不可能同时测出物体的某些量，因此不能同时确定一个运动粒子的位置和速度，这就是著名的"海森堡不确定性原理"[2]。另一方面，用

---

[1] 海森堡（Werner Heisenberg, 1901-1976）：德国物理学家，量子力学的创始人之一，哥本哈根学派代表人物。1932年，海森堡因为"创立量子力学以及由此导致的氢的同素异形体的发现"而荣膺诺贝尔物理学奖。——译注

[2] 也称测不准原理。——译注

波的方式去研究这些粒子，假设它们有波的特性，可以把波峰叠加，把波谷递减，从而物质的每一个特殊的状态都是无限个其他状态的叠加，一切都只是一个概率的计算：这就是薛定谔的"叠加原理"。

如果我理解无误的话。

从这里开始，我们已经有点晕了。因为，不管在哪种情况下，完全不可能构想物质的最终组成。以前物质的组成是符合古老的决定论法则的，每一个特定的物体都遵循因果机制，因此可以用特定的计算方式去推算，这种方法适用于当时自然界可以观察到的任何现象。而现在，谈论一个物体的"属性"，以为可以定义它的轨迹、速度、位置或任何一种特性都不再恰当。这么一来，物体自身受到了质疑。因为一个没有属性的物体并不比那把缺手柄又没有刀刃的刀更容易拿捏。

因此，在原子和粒子世界，应该认为每一个粒子都同时具有多种态，不能由此确定它的特性，以至于再谈论粒子甚至原子便不再是理所当然，以为可以用一个形象、一个比喻去形容它，而任何的描绘都变得不复可能。没有任何形象，除了把原子画成被包围在一层半透明的电子云中间一团既可以是微粒也可以是波动的物质，而与此相关的真相除了统计学的意义以外没有别的意义。换言之，一种描述其实并不止一种。或者更确切地说，一种描述除了表示不可能提供一种描述之外，别无其他。

在这种情况下，最合理的做法，或许就像当时哥本哈根学派的做法，就是放弃构思任何一个意象，因为无论何时何地，诸如此类的意象都是不可能得出的，只要满足于给出一个模式，预测它奏效就够了，完全不用去问与这一模式对应的对实在的描绘到底是怎样的。这就有点像在倒洗澡水的时候连同宝宝一起倒掉！因为这一举动还是跟那个要言明真实世界的意愿同出一辙，人们只是满足于戳破实在的表象罢了。

尽管如此，但愿依然有一个合理的实在统领这个偶然的游戏，想到它的时候也不应该绝望，我们猜想仍有一个学者真心实意地相信它的存在。所以爱因斯坦对量子力学所提倡的世界观一直有所保留。他有一句名言"上帝不会掷骰子"，排斥这种把所有现象都看成是完全随机的观点。薛定谔的这则用荒诞的手法展现"叠加原理"的小寓言也由此而来，作为寓言的创作者，或许他会要求大家不要只看字面的意思。这两个学者因此都被归到"实在派"，如果大家愿意的话。不管怎么说，虽然一些科学家或许出于成见或真的相信而不同意这个观点，在貌似荒诞的外表下，是否真的存在一个合理的世界的模样？

当薛定谔想出这个著名的关于猫的实验时，他的目的很明显，就是为了回应那些对他的"叠加原理"的恣意发挥。他想出这么一个小寓言就是为了让物理学家们别忘了实在。对他而言，一只猫显然不可能同时是死的又是活的。这意味着对粒子的概率计算，如果说它有一种预见性，却不能抵消对实在世界的所有理性观念，因为在这个实在世界里，任何一个事物都不可能既是它自身又是它的对立面。讽刺的是，他的寓言却成了不少理论的"stepping stone"①，也就是说一个起点和跳板。那些理论对世界的观念完全不同。至于那只关在盒子里的猫，他们想出了各种会让薛定谔始料不及的版本，会让他无比错愕，也让他痛心疾首。

就像俗话说的：定会让他大跌眼镜。

或许，说到底，可能不会。

人们把上世纪50年代平行宇宙理论的创立归功于一个非常年轻的学者，一个叫休·艾弗雷特②的人，他把这一理论当作是对量子力学可能的诠释之一。

这是物质的奥秘所在，一个特定的粒子之前同时具有多

---

① 英语：垫脚石。——译注

② 艾弗雷特（Hugh Everett III，1930-1982）：美国量子物理学家，以提出多世界诠释而著名。——译注

种特性,但当它在观测者面前只拥有一种、多种特性中唯一的一种时,它就结束了叠加状态。人们把这一现象称作"波包坍缩",并把它和粒子对应的物体联系起来。如果人们一定要有一个画面,那就应该把它想象成:在实验过程中,"波包"收缩最终得到一个特殊的粒子,电子云回归其尺度所指定的唯一状态。这等于说,是对相关现象的观测让所谓的粒子脱离了量子世界所特有的态叠加状态。

由此,最离谱的唯心主义心里也乐开了花。认为是精神作用于实在并赋予其属性。就像意识控制物质并要求它在它眼皮底下显形。但那是谁的意识?怀疑论者和其他精神强大的人都对此嗤之以鼻。单凭在盒子里的猫的意识就够了?如果情况真是这样,那么薛定谔的实验就不再成立,因为动物自己就可以支配那个预设会触动装置的犹豫不决的原子,让铁锤掉下来砸碎毒药瓶子,从而决定自己的状态:生或者死。如果是由人的意识决定的,那么无论谁的意识都可以起作用?我们对此表示怀疑,因为粒子所遵循的规律是非常复杂的。尽管波包的坍缩只能在一个科学家在场的情况下发生——而且他还要有所需的仪器,在天性多疑的原子面前,至少要表现出和基础物理博士或硕士学位相应的真才实学。照这么推理,人们势必会得出这样的结论:整个宇宙在亿万年间都处在悬而未决的状态,所有粒子都乖乖地等待量子力学的出现,等着受过量子力学熏陶的学者们对它们感兴趣,从而决定它们应该采取的行动。

这似乎不大可能。

无论如何，基础问题几乎还是原封未动。如果说薛定谔的方程式成立，那么量子世界的态叠加状态的确没有任何理由停止。这么一来，最理性的理论也只证实了方程式验算出来的结果，并认为"波包坍缩"从未发生过。这也是著名的奥卡姆剃刀原理所推崇的，对某一个问题而言，最有力的理由总是最好的理由。这是乐观主义或实用主义最好的明证——因为没有任何迹象表明宇宙一定是简单的，相反，一切都让我们觉得，事实完全不是这样！但这个原理的好处在于，对所有问题而言，可以解决问题的最经济的假设可以优先考虑。换言之，解决所提出的问题不必要的细枝末节统统用剃刀剃掉。

既然如此，最简单的解决之道（因为它要求在波函数的问题上不再增加新的假设），在于认可量子世界态叠加是一种法则。很简单嘛！话别说得那么快。我想，人们还是会同意我的看法的。因为如果不管怎样，解决之道原则上说是简单的，从我所说的意义上看，它的结果，只要人们一去琢磨，就立马要头晕了。

在这样的前景下，最好把物理现象用数学公式表达的游戏进行到底，毫无保留地相信计算，从中得出相应的结果，哪怕要适应这些方程式将从此让我们步入的一个完全不可思议的世界。如果认可态叠加是宇宙最大的特性，这一特性在任何层面上都成立，从仿佛在朦胧的云中晃动的虚拟的无穷小的粒子，到我们可感知的世界——薛定谔的猫就在它的盒子里——到无穷大的星云，就应该接受这样的观点：物质无数状态中的任何一个状态都被保留了下来。

这么一来，在一个观察者的眼皮底下，当一个粒子获得了既定的值，要知道在另一个观察者的眼皮底下，同一个粒子在别处，在同样的实验中却获得完全相反的值。别处是哪儿？这样我们就会得出结论，宇宙可以根据波函数分成无数个不同的版本，一个观察者永远只能看到同时发生的无数状态中的一个。每当一个粒子好像摆脱了叠加状态，它同时也会拥有相反的特点，从而创造出一个对应的世界。或者更确切地说，每次叠加状态表面上的坍缩，都应该被看作是两个属性相反的世界在逐渐形成，每一个世界都蕴含着两次可能的观测所看到的另一个世界。

回到盒子里的猫，的确要把它看作既是死的也是活的：在一个宇宙它是死的，在另一个宇宙它是活的。

实在不断地分枝散叶，展现所有潜在的可能性，周而复始，直至无限。因为不仅现象是连续的，而且它关乎宇宙中所有的粒子，每一个属性定义了每一个粒子。因此有亿万个世界并存，比海洋中的水滴、比沙漠中的沙子的数量都多，但显然没有人意识到这一点。因为一切都在可见的范围内增生，我敢说，这样创造出来的多重宇宙之间会互相排斥。当每一个观测者都被自己的观点所局限，在自己的宇宙无数令人眩晕的道路中选择了其中的一条去走，撇下所有其他道路和在这些道路上朝不同方向飞速运行的所有世界——因此，更确切地说，这些世界相互之间是垂直的，而不是平行的。

我们很清楚，用这些术语来定义的一种理论无法被证明是对的或是错的。什么都不能阻止它可能完全正确，也可能完全错误。

无论何时、何地，真实同时朝着所有方向发散。所有可能的结果都同时可能被实现。虚实再不能分辨。从某个角度而言，一切都是真的，但换一个角度就是假的。完全是一个概率问题。好像整个宇宙就是一个无比巨大的六合彩，里面的球数量之多，抽出的数字组合之丰富，任何一组数字组合都可能同时在某个地方被抽中，也就是说，宇宙就像一个无穷大的赌场，这个赌场给分割成无数个彼此封闭的游戏厅，没有通道也没有任何方式可以互相沟通。

一个无限的宇宙在想象中展开，在它面前，比无限宇宙更无限的思想显得有些力不从心，如果说"元宇宙"这种说法有什么意义的话，是因为大家就是这样给它命名的，它包含了量子世界的叠加原则所预设的所有宇宙的总和及其每一个实在碎片不断增生的事实。

　　一个比无垠的太空，比过去宇航员被发射到太空更广袤的空间，在像潜水舱或太空舱一样的盒子里，薛定谔之猫的确可以被看作是先驱中的先驱。

第10章　天狼星的视角

现在，冬天过去了，它在房子里安顿下来。但如果仔细想一想，这件事情还是蛮奇怪的。它独自挨过了气候最恶劣的季节。这里常常下雨、刮大风。离海不远，几周几个月空气都是潮湿的。整个世界寒冷彻骨。当春回大地，阳光普照，不那么迫切地需要一个庇护所的时候，它反倒回来得更频繁了。

当然，还是会时不时没了影踪。有时候连续几天不露面。或者它只是路过，在房子里待几分钟，好像是回来视察一下它的领地，确保它不在的时候一切依然保持它想要的秩序。但通常，它都会留在家里过夜，睡在它的篮子里。如果厨房的门开着，它就会躺在客厅的沙发上。有时候也会上床。一大早就吵着要出去自由活动——所以最简单的办法就是在边门上开一个猫洞。它溜进花园，越过矮墙或窜到篱笆的后面。

直到中午时分才能再见到它——它应该记得这是午饭时间。它和往常一样突然冒出来。也就是说，不晓得它是打哪儿冒出来的，没有留意到它走近。突然，它出现在我们眼前，在我们脚边，在露台的一角，或者在花园尽头。就好像，我们不得不承认，它有一种随意把自己电传到任何它想去的地方的本领，正如我们在科幻系列老片①中的主人公所做的那样："Beam me up, Scotty！"那个晃动的身影消解又重组，就像从电话线的这头传到那头被重构的信号，分子在虚空中分解，由一束不确定的波传递出去，然后信号轻而易举地组合成人，在虚空中成形，出现在他想出现的地方。

就它而言：把我传到离饭盆不远的地方。

在去沙滩上晒着太阳睡午觉之前。

它做什么，从哪儿来，要到哪儿去？

---

① 　指的是《星际迷航》之类的科幻片，在影片中往往将人通过转化的方式送出或送回星舰，因此柯克船长的那句"传送我吧，斯科特！"（Beam me up, Scotty！）成了这一系列科幻片的经典台词。——译注

都是谜。

"你觉得它是邻居家的猫吗？"

"哪个邻居？"

"总之不会是隔壁家的。我问过他了。"

"他怎么说？"

"他说他有时候看到它走过。他也不知道更多关于它的事。"

"我们也不比他知道得更多。"

"依我看，它是附近一户人家的。"

"街角那家？"

"住了一大家子，还有一堆孩子的那家。"

"但我们从来都没见过他们家有人。"

"或许他们也是这么说我们家的。"

"没有人说猫是他的。"

"这已经有一阵子了。"

"占有即所有。"

"什么？"

"占有即所有。这是法律上的一个原则，我想。如果一个人占有某样东西，而没有任何人说这样东西是他的，那就可以认为这样东西属于他。除非有证据证明事实并非如此。"

"对猫也一样？"

"我看不出来为什么对猫不可以这样。"

没有项圈，当然没有。没有文身。耳朵后面也没有集成电路芯片。兽医给它检查的时候非常肯定，是他给猫做的检查，发现它很健康，告诉我们它的性别，估算了它的年龄。因为我们对此一筹莫展。

"你们收留它很长时间了？"

"其实……"

"怎样？"

"不好说……一开始，我们很少看到它。它的出现没有规律，持续了快六个月。但最近它几乎每晚都在家。"

"那你们可以把它当成是自己的猫。"

"或许要办个手续？"

"我给它打针疫苗，做个记录，再开个证明，它就归你们了。"

"这样就好了？"

"这样就好了。"

归我们？也就是说：归她了。如果我们愿意的话。但一只猫永远都不属于任何人。和别的猫相比，这一只更不属于任何人。

无主之猫。丢了。或许是被度假者遗弃了。去年夏末，因为是在那段时间它第一次出现。沙滩上支了帐篷，松树下有房车，离大海两步之遥是市政府特许搭建的坚固棚屋，可以假设它是从那边跑出来的，有一天它出来溜达的时间比平时久了一点，等它原路返回的时候，它发现平时住的地方完全搬空了，主人已经卷好铺盖，结束假期，打道回府了。它得给自己找个容身之所。又或者：它是被抛弃的。鉴于这个小区的居民平均年龄很大，多数都是退休人员，它从一户主人突然被送去医院或死亡的人家出来也不是不可能——房子关了等待出售。一只走丢的、被抛弃的、孤苦伶仃的猫……但现实不一定总有那么多悲惨和煽情的故事。是的，没理由一定要去想发生了什么悲剧，哪怕是再小的不幸。最可能的情形是它自己离家出走。一天，猫的脑海中闪过一念，它决定听从这个念头，出去冒险，到别处去闯荡闯荡。或许墙的另一边草地更绿，食物更好更丰富。

"那依你看，它打哪儿来？"

"依我看，它就是从附近人家出来的。"

"街角那家？"

"是的，或者更远一点的那家。"

"从来没有人来要回它？在附近商店里从来没有人贴过寻猫启事？通常丢了猫的人都会那么做。"

"我不知道。我从没丢过猫。"

"那当然，你从来没养过猫嘛。"

"你就没注意到什么？"

"我观察过。我甚至还打听过。我费了一番心思。但我感觉人们都用奇怪的眼神看我，好像我的问题很烦人似的。"

"这里有太多流浪猫，人们对此都麻木了。"

"那猫的主人呢？毕竟……"

"或许猫丢了他们反倒落得个清闲。"

或许是偶然吧，它选中了我们。它决定留下来。当然只是暂时的。

我们从来没想过要去买一只猫。甚至从没想过，要领养一只。不过现在，我们似乎别无选择。一天晚上，它来了，它又回来过好几次，然后住下来了。或许应该赶它走。但说不清楚是什么让我们没这么做，阻止我们这么做。

说实话，在整件事情上我的责任感并没有怎么参与。是她让它进屋的，让它进了"她"的房子，喂它吃东西。这也是为什么我总说"你的猫"。不过说句心里话，事情有了这样的结局，我其实挺高兴的。

我们甚至不知道它叫什么名字。此外，猫都没有名字。要说它们有，有一个猫的名字，它们会把它藏在心底。就像人们说的，通常，原始人知道每个灵魂的名字意味着什么，知道别人叫什么名字的人拥有怎样的权力。为了预防受到所有会危害到自身的魔法的控制，就必须牢牢地把自己的名字藏在心里，直到尘归尘土归土。在活着的时候，就像脸上的各种面具，应该拥有假的鼻子、假的姓名，好让别人有和我们在交往、知道我们是谁的错觉。

而且，尽管我显得很有学识，我的想法却跟原始人差不多。我最终学会了小心提防。我不说自己的姓名。也不说她的。也不说任何人的。在一个故事中放几个名字就有点像把故事据为己有的意思。而且那些重要的故事是那些不属于任何人的故事，只有这样，才有一丝希望可以让所有人感同身受。我说：我。我说：他。我说：她。我说：还是她。我说：我们。人们不知道是谁在说话，不知道夜里听到的是谁的声音，就像我之前提到过的，什么也不会妨碍他们的秘密交谈持续到天亮。

我？如果你愿意的话。但是，我是谁？

我很希望每个人都在我说的人物中选一个去认同。不过对我而言，事实上，我很愿意不去选。我宁可认为是没有人，是所有人，是任何人。每个人的经历都不同，他们的经历对所有人而言都有意义，却并不比任何人的经历更重要或更不重要。

那么？

那么，因为没有名字，我们就凭着一时的灵感给猫起了各种外号。母猫可以叫：米奴，姆姆，嘟嘟，歌莉塞。还有几个别的。诸如此类的名字。在兽医那里，在给它办证件和疫苗本的时候，她给了它其中一个名字。随便挑的。纯属偶然。这完全不妨碍哪天她心血来潮，又会叫它另一个名字。名字对我而言有点难，哪怕是小名，是绰号。那是S年。好吧，那应该是S年。如果我们知道它是什么时候生的就一定知道。但事实并非如此。如果它是公的，就叫它苏格拉底或斯坦芬；如果是母的，就叫它萨福或萨拉。

我或许会给它起名：天狼星①。一颗星的名字，为了让自己记得第一次看见它在天空出现的样子。其次，也因为我看世界的视角就仿佛是站在天狼星上的视角。从很高的地方往下看，好像地上的一切它都不放在心上。君临天下，在万千世界经过而胡须一根都不会颤动，除了面对那些微不足道的现象：草上的一只昆虫，树枝上的一只鸟。天生就有一种无上的智慧，每一个事物在它看来都是相对的。

不过，如果把我所想的意义赋予它的话，天狼星这个名

---

① 苏格拉底（Socrate）、斯坦芬（Stephen）、萨福（Sapho）、萨拉（Saha）和天狼星（Sirius）都是S开头的。——译注

字听上去过于自命不凡。尤其是我并不想给它起名字。我没觉得自己有什么权利允许自己这么做。于是，当我不得不喊它的时候，我只是叫它"猫咪"。或者一个字"猫"，把它当作它的名字。如果说我这样叫它，那也是因为我没有忘记自己第一次看见它时的情形，它是如何在黑夜里出现在我面前：不像一只猫，而是什么像猫一样的东西，它的身影在黑暗中模糊不清，还没有成形，看不出是什么，更别提身份了。在黑暗中，它就像组成世界的暗夜的所有现象一样，只有最普遍、最平常的名字才不会与夜里它给我的印象相差太远。

我千方百计、绞尽脑汁，但是徒劳。因为给它起一个名字有什么用呢？在人的记忆中，猫听到有人喊它的名字从来都不会答应。

我们也不知道它是什么品种。

兽医在这个问题上有点茫然，闪烁其词。或许是因为它不属于某个品种。很可能是杂交的，或许根本不是任何名贵的品种。或许是最普通的品种的杂交。查了和旧书一起堆在书房的百科全书上的相关页，我们开始推测。尽管它个头小，但鉴于它灰黑相间的毛色和粗粗的有环纹的大尾巴，尾梢像浣熊的尾巴一样散开，鉴于它的脸型和不近人的习性，我们认为它是一只欧林猫。也就是说它属于欧洲最野的猫。肉眼很难区分它和最普通的家猫的分别，同样都有老虎一样的斑纹，从远处看也是一样的身形，甚至连猎杀小动物时潇洒的神态也一样。除非是野猫，那它不会轻易决定放弃自己的一部分自由，不会接受我们之间友好的交往，尽管这种关系是它建立的。如果相信百科全书上的说法，这种情况完全可以排除。或者：只好把它归类到另一个品种里。把它从野猫的种类变到家猫的种类，我想。因为我对动物学及其规律的认识和对物理学及其原理的认识一样无知。欧林猫？不肯定。不过它看上去真的很像。

我也有我自己的想法。一只薛定谔之猫。一个S开头的名字。既然是在这一年。

"一只什么？"

"一只薛定谔猫。"

"这是什么品种？"

"一个品种。"

"你瞎编的。根本就没有这个品种。"

"当然有。"

"百科全书上没有。"

"那是。"

"那么，'我什么都知道'先生，这个没有人知道的品种有什么特征？"

"确切地说，没有任何外在特征可以辨认这个品种。

That's the point! ①"

"或许你可以跟我说说它的个性特点？"

"也说不上来。我很遗憾。"

"为什么？"

"要把它放到一个假想的实验中才能确定它是不是一只薛定谔猫。但这是一个假想的实验，因此在现实中是无法实施的，所以我们没有办法知道。"

"一个假想的实验，无非如此！"

"正是。"

"当然。"

不过它是一只薛定谔猫。同时在和不在那儿。在虚空中出现又在瞬间消失。和它的同类一样，却又特立独行，仿佛跟它的同类相隔十万八千里。各自在自己的世界里进化。背着一个看不见的罩子，像宇宙一样纯粹、广袤无垠。

---

① 英语：这正是问题所在！——译注

第11章 猫之日

它从哪儿来？这个问题没有可能的答案。如果真要说，答案只有一个：从它家来。原因如下：一只猫永远都不会去别的地方，它总会回来。

每次我看见它散步回来，我都会注意到这一点。这是猫一直给人的印象。甚至在它把爪子伸到以前从来没有去过的地方的时候。这构成了猫科动物现象学的第二原则，和我在"第一次"看到它的夜里归纳出来的第一原则相辅相成，就是人们看到一只猫消失要先于看到它出现。首先，晚上：一个身影掠过，一个消逝的影子，快得让人以为它从来就没在那里出现过。然后，第二天早上：同样的身影，同样的影子静静地在它一直出没的位置上显形，露出它的面目。

先看到它离开才想起它来过。就好像它一分为二，两个它彼此陌生，从来就没有照过面。就像日月。两个星辰总是你追我赶，从来没有同时在天上出现。对猫而言：夜猫走了日猫来。每只猫都从许多相同的门中的一扇进进出出，在墙的两边穿梭旅行。就像人们在山上或海边向游客兜售的老式晴雨表抑或在某些大教堂中世纪的钟上能看到的图案，比如：撑着雨伞的男人，打着小阳伞的女人。或者是其他一些更阴森的譬喻——怀着孩子的母亲，手持镰刀的骷髅死神——意味着人生逃不出的可悲轮转，时间在指挥钟表机械地运作。进去，出来。就如白天和黑夜。或者不如说是这样的顺序：是黑夜，然后是白天。之后：又是黑夜。

它从花园的尽头慢慢向前。安静，灵活，心无旁骛。太阳当空，直射下来，影子几乎不超出物体垂直的大小范围。它游走在尽头那堵墙到露台之间的沙地矮草丛中，悠闲而从容，样子很淡定，仿佛到处都是它的家，若无其事。

仿佛是回到了自己家。安详。自然而然。这种印象无疑是因为一只猫走进一个它以为是自己的领地时的那份气定神闲。它似乎对这个地方很了解，仿佛以前在这里住过一样。只是恢复它旧日一成不变的习惯而已。好像它一直是这里唯一合法的主人。它只是离开了一小会儿——尽管这短短的几秒钟时间，在人类的眼中，漫长得像绵延不绝的世纪。

它只是回来，或许说到底，情况就是如此。

它不是邻居家的猫，而是以前业主家的猫。有人说，这种事也发生过。离开几年后又回来了，不屑于看到它远离家时发生的变故。认为这种变故是微不足道的，跟它毫不相干。在猫的眼中，人类是完全可以互相替代的活物。或许是它根本就不能真正地区分他们，甚至不费心劳神去记住他们，分不清他们的脸，记不住他们的名字，只要有人保证它们的生活起居，管他长什么样的脸叫什么名字。不经意间只记得，在它眼中，在它家，在露台那边，厨房或房间亮着灯的窗户后面，像幕布上的皮影戏，有时候有什么东西从花园的另一边以人的形状显现。从某种意义上说，这很合理，因为物种之间的冷漠完全是相互的。

它是否是胡桃树之猫？我想说的是：溺死者的猫①。重新在树上找到了它喜欢待的位置，舒舒服服地躺在树干分出四根主枝形成的凹陷处，有时候爬得更高，在以前的树梢、现在只剩下几根伸向天空的残枝的枝头。不过必须承认，这看上去

---

① 法语中胡桃树（noyer）和溺死者（noyé）是同音词，这里作者玩了一个文字游戏。——译注

不可能，因为它太年轻。不过既然我们不知道它是哪年出生的——兽医不太想说，也不知道那个人是哪年死的——邻居们说的也并不明确，这也不是完全没有可能。可能就是它。重新占领它的故居。溺死者之猫。从天上派来的。作为逝者的一个信使，肩负起默默视察他过去生活过的地方的使命，在他存在的世界里，让故事秘密地继续。

因为我们永远也不知道一个故事什么时候开始。既然不知道，就从上一个讲过的故事开始。甚至没想到这个故事接着上一个故事，上上个故事，就这样，他在所有此前的系列故事中增添了一个元素。因为不记得之前那个故事的全部。很久很久以前。可以追溯到神话传说那个最初的时间。

所以，有一个神话说，大地以前属于猫族，猫出去溜达，一走就是几千年，把它的领地留给人类，让他们享受暂时的愉悦。但时间过去，有朝一日，猫族会回来要回它们的财产。它们是默默的征服者。

因此，今天所有的猫似乎都不知从哪里冒出来，走进任何地方就跟走进自己家一样，仿佛是一群侦察兵，为它们的同类重新夺回合法的权利时刻做准备。

那一天，将是猫之日。

　　我以前也看过一个类似的故事。不完全是同一个故事，但两个故事很像。它们有共同之处，所以我很容易把它们搞混。在哪本书上看到的？就像我们以前经常查阅的旧的百科全书一样，现在已经过时了，我以前有过的书都在那里，在"她的"房子里，摆在书房的大书橱里。从童年开始，记录了我人生各个阶段的阅读，散乱，陈旧，各种开本，摆放也没有任何逻辑关系。连我自己都很难想象它们全都只属于一个人——那个人应该是我，而我又是谁？——很难了解这个买了这些书、拥有这些书的陌生人的口味。现在，当我常常走过去看到它们、看到这堆故纸时都会惊讶，里面大多数的书对我已经毫无意义。我想不起来书中讲的到底是什么故事，也不知道什么时候曾经把它们捧在手上阅读过。有时候我随手抽出一本，就像是查阅一个神谕。我随手翻到某一页。就这样找到了那个我说过的童话故事。

　　一个中国传说，我想。它描绘了我们曾经的世界和镜子的世界——在两个世界里人们可以来去自由——生活得非常融洽。两个世界截然不同，哪一个都不是另一个世界的倒影。直到有一天，镜中人决定入侵我们的世界，于是，一场旷日持久、可怕的战争开始了，最终我们的阵营取得了胜利。我们击退了入侵的敌人，把他们赶回了老家。从那时起，为了把两个世界的通道堵上，以免再次发生新的冲突，人们到处竖起了无法穿越的金属板或玻璃，后来人们给这些挡板取名叫镜子。战胜者给战败者施了魔法，让后者只能拥有前者的样貌，被迫模仿他们的每一个动作。

我现在又想到这个故事。此前我已经把这个故事忘了，也不记得当初我读到时的复杂心情，因为这个故事唤醒了我童年时内心的一些困惑。自然而然勾起了这个故事所蕴含的所有假设。当然，马上浮上心头的问题就是到底哪一边才是镜子的世界。有时候会想，如果是糟糕的那一边，那我就属于失败者的阵营。时间过去，战败者慢慢忘记了曾经被施了魔法的命运，不再意识到他所要承受的永无终结的惩罚，永远被奴役，不得不去模仿别人，不去怀疑也想象不出真的活在另一边的那些人的态度意味着什么。

就这样，小时候我常常看镜子。总想逮住那个跟我长得一模一样的镜中人的错处。为了找出我和他到底谁是谁的复制品。我发明了各种光学实验想弄明白这件事情最终的真相：用挂在洗脸池上方的浴室的家具，上面有三面可以旋转的镜子，安在三个铰链上，可以无限地投射一个画面：我的模样，从侧面看，和它后面房间的样子，沿着走廊向公寓深处延伸，朝着更远处我背对着的空间，和世界的尽头混在一起。

我问自己，映像的映像重构的是否就是真实？两个虚像会不会给出一个实像？就像负负得正一样。还是说映像的映像产生出来的是另一个宇宙的真实，是一个复制品的复制品。以此类推。其结果是不止两个世界，在每一个世界的内部，都各自有两个世界，由此及彼，无数不可想象的世界最终都迷失在一个无法理解的参不透的混沌之中。

在镜子面前，我看到了一个征兆，跟我小时候在黑暗中看到的完全一样。有什么从远古而来的东西，慢慢走向我。

传说是这样的，最终有一天，镜中人会复仇。一些微小的迹象会宣告这些映像反抗的时刻，他们慢慢从奴役中被解放出来，拒绝服从命令，先是第一次，然后是第二次，之后完全拒绝模仿他们的真像，把囚禁他们的透明牢笼砸碎，夺回了世界。但首先，在那层镜子上，会出现一个不易觉察的反常现象：一个很小的波开始颤动，一条褶皱打乱了镜面的平整，一点从没见过的色彩，这一切慢慢扩大，然后突然从另一个世界里蹦出第一个生灵，重获自由，他是先驱，后面跟着所有准备好要入侵这个世界、要现身的后来者。

一种动物，就像童话故事里说的，它们的身影在朦胧的远方出现，在第一面镜子依然深邃而平静的水底：根据故事的不同版本，这个动物可以是一条鱼、一只老虎或一只猫。越过从前把两个世界分开、现在重新开始渗水的边界，却什么都说不出来，因为我不确定自己所在的是哪个世界，这一刻对我而言意味着奴役还是解放。有什么东西回来了，带领着一支过去被剥夺了生命的队伍。

一只猫，第一只，跑到正在消失的林间空地上坐下来，很快，所有那些与世隔绝的形状都将混成一团。

第12章　叫我薛定谔

谁？

没有人。

但如果你一定需要一个名字，请叫我薛定谔！

这个名字很适合我。比我正式的名字更方便我隐瞒身份。因为，在这个小村子里，除了学校放假期间，从来没有人来，也几乎没有人真正住在这里，碰到有人来验证不可理解的波函数的天才而光荣的发明者的身份，这种几率几乎为零。

通常，都是主人给他们的猫起名字。对我而言，反过来做更令我开心。我也可以叫自己：菲利克斯·西尔维斯特①。而且大家也不难发现，这个名字跟平时人们叫我的真实姓名比起来还有一些相似之处。

　　每个人都有好几个名字。比如我。尤其是在国外，大家有时候叫我"教授"。甚至有几次，当别人叫我"大师"来表达对我的景仰时，我差一点无法保持淡定，因为"大师"通常都是用来称呼艺术家或圣人的。此外，女人们会叫我"我的爱"、"我的心肝"、"我的生命"，她们都是这样称呼她们的男人的。或者，她们也会这样叫我"可怜的家伙"、"混蛋"、"倒霉鬼"——就像人们常在同一个句子里听到的："你真是个可怜的家伙、混蛋、倒霉鬼……"

　　同一个人可以同时用这么多种不同的方式称呼，这证明了一个对所有基本粒子都适用的法则，尽管有"退相干"原理，它还是作用在每个生物的身上，所谓客观的特性都取决于它所处的观察环境，在被"悬空"的状态下，它们会同时呈现出各种特性。

　　"薛定谔先生！薛定谔先生！"

————————————

① 欧林猫的音译。——译注

一个男人在街上这样喊我。当时我正朝我停在松树下的汽车走去。

"薛定谔先生!"

"是我。"

"我是普朗克先生。"

"普朗克先生?"

"您知道,您的邻居。后面那栋房子,您家花园尽头的那栋。"

"啊,对……很荣幸!"

"我已不奢望能碰到您。几个星期以来我一直在留意。您总是不在家。"

"我的确很少长时间待在家里。"

"是这样,我想通知您。我已经和德布罗意夫人和海森堡先生都谈过了……"

"他俩是谁?"

"您知道,您的另外两个邻居。"

"哦。"

"我准备扩建别墅。建一个车库,再加一层楼。为了能接待放假来这里玩的子女和孙子孙女们。家人!您知道这意味着什么。"

"那是自然。"

"于是,我在市政厅提交了文件。建房许可证的手续马上就要开始办了。小打小闹而已,工程两周就能搞定。对您而言，没什么影响。我们只是把墙加高一点。希望您不会反对。"

"您知道，这种事情最好跟我妻子谈。这是她的房子。"

"可是您夫人，她跟您一样，我从来就见不到她。唯一一次她跟我说话，是关于那只猫。它现在在您家？"

"它想来就来想走就走，它有自己的生活。"

"它有自己的习性。对了，就像我跟您说的，我要把墙重修一下，这样一来，我就要把它出入的那个洞给堵上了。"

"我无所谓：它会找到另一条路的。"

谁？

我打开旧的百科全书，想知道我是谁。当然，这类书对猫的描述都比对学者的描述要详尽得多。这很公正。一个几行字的词条。一张邮票大小的照片。

埃尔温·薛定谔。1887年8月12日出生在维也纳。1961年1月4日去世。奥地利学者。1933年获诺贝尔物理学奖。（厉害！）波函数的创始人，因此成为量子力学的主要奠基者之一。（这就是我！）但他永无餍足的好奇心（千万别失去！）让他的晚年对生物学产生了兴趣，提出了基因密码的假设，从而导致了之后DNA的发现。（也很厉害！）他也写过几本哲学书和诗集。（人无完人！）他离开祖国，为了逃避对他的迫害，他后来定居爱尔兰。（真是个不错的主意！）

　　我弄到了大多数还能找到的我写的书和关于我的书。让我惊讶的是，竟然还找到不少。大多数书是口袋本，去年再版的。可能是为了庆祝我辞世50周年。这份心意让我感动。在一些非常高深的版本中，一个法国哲学家点评我，为我加注，阐释我。我应该想着要跟他说句感谢的话。不过，老实说，我自己都开始不太明白我过去的那些发现。这么快就忘记原来知道的东西，真是太匪夷所思了。我面对自己的方程式，窘得就像一条面对苹果的鱼。被事物的美好迷住了。模糊地记得这意味着什么，却完全跟不上得出这一结果的漫长和繁琐的推理步骤。我跳过去几页。

　　我最喜欢的，应该是剑桥大学出版社二十年前出版的关于我的那本厚厚的传记《薛定谔，其人其思》。作者是一个叫沃尔特·莫尔（Walter Moore）的人，在引言中，有一段对我的介绍我很喜欢，如果有人问我的意见，我很愿意用它来作为我在蒂罗尔的坟墓的墓志铭，半个世纪以来，我的身体在那里慢慢分解。我差不多翻译了一下："埃尔温·薛定谔是现代物理学界伟大的创造者中最复杂的一个。他强烈反对不公正，却又把所有政治行为视作是低级的。他蔑视外表和排场，但对荣誉和奖章有一种天真的热衷。他推崇吠陀的观念，认为万众归一，然而又无法忍受任何集体工作。他具有一个精确的理性主义者的精神，而他的性格又让他像歌剧中的女主角一样善变。他自称是无神论者，但他也很愿意使用宗教符号，并且认定科学方法会把人引向信仰。"

在其他人的记忆中也如此！某人和某人的反面。这就是我。

一堆小逸闻趣事。阅读的时候，我很喜欢回忆那些最特别的东西。比如，在第一次世界大战期间，我在意大利前线当炮兵中尉，如何在两发熟练地发射到对方阵地的炮弹之间，看着离战壕两步之遥的铁丝网上飘忽的磷光。我在莫尔的书中还找到另外几个诸如此类的故事。不过，当然了，最让他上心的还是女人。"埃尔温，"他这样写道（叫得真亲昵！），"满脑子想的都是性——我们甚至可以说它成了他除科学之外生活的重心。"见解独到而且一语中的："科学之外生活的重心。"或许此话说得太草率了：谁知道性是不是科学的一种形式？我的目光常常会停在书中的插图上，菲丽茜、洛特、阿娜梅尔、维蒂、伊蒂、海德冈德、韩熙、谢拉的肖像照。这些名字今天可能会惹人发笑。但她们个个都美丽迷人，各有千秋，都是那个时代的典型美女。想当年我真是个幸运的男人。

我的传记作家没说，不过就我而言，我肯定如果我的形象更符合人们对学者的想象的话，我在百科全书里所占的篇幅会更多一些。就像我的朋友爱因斯坦，他完全就是我的反面，科学界的独行侠，被看作是一个谦逊的自学者，只靠自己的天分成才，是我们那个时代的良心，和平主义者和素食者，顶着一个大脑袋，擅长给自己做广告，把自己的名字与一个算式（$E=mc^2$）和一个理论（相对论）挂在一起，这个理论的原理所有人都自以为懂（你以为呢！）。而我！试试用三言两语跟别人解释什么叫波函数？！

不过爱因斯坦好像和妻子分房而睡，对待妻子就跟对待佣人一样，让她感到非常不幸。我呢，至少我让好几个女人感到幸福。有时候是同时，的确如此。不过这当然不会一帆风顺，中间还是会出现一些问题。当然会有问题！我不想装作若无其事。不过我相信她们都喜欢我的柔情。我不能刻意改变自己的性格。我完全不是一个邪恶的放荡之徒，只是一个永远都处在恋爱中的人。我喜欢女人的陪伴，多情把我推向她们。我爱她们，我想，她们也爱我。

就这样，我总是把恋爱放在科学的前面。我放弃了去美国工作的机会，因为我对美国清教徒般的生活充满戒心，我害怕自己会触犯当地不允许一夫多妻的法律。当我见识过牛津之后也对英国敬而远之，牛津不过是一群穿着长袍的老男孩，所有人一起吃晚饭，对依然非常纯洁、累得不能真的去实践的男孩之间的爱情很宽容，但如果你拥有一个女人却会遭人侧目。如果拥有两个女人，你自己想想吧！

　　也不用到别处找促使我回到奥地利的理由——我记得在维也纳度过的青葱岁月，曾经有过的轻松愉快的生活。我选择的时间不太对，这倒是真的。1936年：离德国吞并奥地利的日子并不远。尤其是对像我这样以前从来没有搞过政治、但公开表达过反法西斯信念的人而言。当日耳曼大学的全部人马都在某位海德格尔的带领下宣誓效忠德意志帝国时，我是极少数抗议排斥犹太教授的人之一。当我没心没肺地在一封公开信上签名，发誓放弃自己过去的所有信仰，表示我毫无保留地拥护新德意志价值观的时候，我发现自己掉进了一个陷阱。那封信的语气是那么夸张、那么疯狂，我原本希望人们能在字里行间读出我的真正信仰，可以从中体会到讽刺的意味，把我夸张的归顺德意志帝国的声明当作是一种达达主义的抗议。可惜那个时代稀缺的是幽默感。

　　我希望人们能让我清静。我需要清静清静。另一个女人……我不能说写这封公开信是我所做过的最聪明的事情。但显然如果我被流放，被送去集中营——这完全有可能发生，如果我像一个殉道者一样死去，名声一定会保住，人们就会更容易记住我的波函数，甚至赋予我的方程式一种有建设性的道德和政治意义。不过，所有这一切都于事无补。至少纳粹读得懂。他们不傻。一夕之间我就成了自己祖国的贱民遭人唾弃。我只好逃走，把所有属于我的东西都抛在身后，口袋里一个子儿也没有。我偷渡到意大利。从那里，我出发去了爱尔兰，它成了我第二个祖国。

莫尔讲的这一切都算靠谱。不过有一件事情他不知道，他不理解，他遗漏了。而这一点很关键，因为就在我人生的这一时期，我发现了波函数，那个被冠以我名字的"薛定谔方程"。那是1925年的圣诞节。突然灵光一闪。几天时间，一切都变得无比清晰。一个个方程如行云流水般浮现在我的脑海，我以前从来都没有想到过。问题一个接着一个。我看到在自己面前摆着一年来所有问题的答案，仿佛我已经把问题都解决了，而这些答案是我同时代的学者们尚未找到的。

这种经验本身没有什么独特之处。科学上大多数的发现都是这样来的。人们经过多年摸索，孜孜不倦地钻研，感觉自己置身于一个充满繁琐、缺乏说服力的假设的迷雾中，这些假设被接二连三地摈弃。突然之间：开窍了，有主意了！不，就我的情况，神秘的启示源自别的东西。我在雪地里度了假。在赫维格别墅的一个房间，阿罗萨的一家旅馆。和一个女人一起，那是当然的。甚至莫尔都没有查出她是谁。我不会泄露这个秘密。说出来就太不慎重了。我的传记作家称她为"阿罗萨的女士"，他很可爱地把她比作"dark lady"①——莎士比亚十四行诗中的缪斯。

我仿佛又看到半山腰矗立在冷杉林间的小木屋，木屋里的那个房间，坡上是皑皑白雪，阳台对着洒满阳光的山谷。我们所有时间都在床上度过。我们不停地做爱。我想说的是，在人类体能允许的范围内。我可不想厚着脸皮吹捧自己。和所有男人一样，根据情境和时机的不同，对所爱女人的欲望也有强有弱，我有时是一个很棒的情人，但有时又很糟糕。一开始连续几天的欢愉让我感到眩晕，让我分不清今夕何夕，没有了时间的概念，好像只有一次漫长无休的缠绵。我不说了。所有爱过的人都知道我所谓何事。

我从床上起来，坐在书桌前，——这种事情并不会经常发生，只用几分钟时间就奇妙地推到了下一步的演算。若说我一边做爱一边继续思考我的波函数似乎不太正经。而且，也完全不准确。不过我的一部分大脑，或许受到了感官和快感在机体里释放出来的物质的刺激，自顾自在角落里运转，继续它的工作。这样一来，我只要把意识在没有我参与的情况下演算出来的结果誊写下来就好了。

---

① 英语：黑女士。《莎士比亚十四行诗集》分为两部分，第一部分献给一个年轻的贵族（Fair Lord），诗人歌颂这位朋友的美貌以及他们的友情；第二部分描写爱情，献给一位"黑女士"（dark lady）。——译注

我读这本传记的时候，猜想莫尔是个聪明人，他明白这一切。不过他很狡黠，没有对此大书特书。他不想损害我的声誉。我很感谢他。或许他也不想毁了他自己的事业。如果一个人想在大学里混，顺利通过博士论文答辩，那么把渊博的学识和纵情的声色联系在一起应该不会有助于他得到一个教席，所以在这方面他宁可闪烁其词。我也不想找他麻烦。众所周知，天才是童年受挫的结果，他在逆境中得到升华。据说只有在缺乏爱的时候才会有创造发明，出于补偿心理。不知道为什么，有人喜欢把事情想象成这样。但是我，我一直都不这么认为，甚至还能证明事实恰恰相反。

我当时大概四十岁。不如说我差不多已经完了。在科学领域里，伟大的发现都是很年轻的人的成果。这也是对我之前所说的理论的一个证明，荷尔蒙的指数和思辨能力成正比。年过三十，性爱能力下降，学者们通常就满足于躺在年轻时的功劳簿上。至于我，直到那时，还是一个卑微的研究者。量子力学诞生在酒店旅馆的床单上，更多是得益于一场不伦之爱而不是在一个实验室或用粉笔写满方程式的黑板前。我承认，这样的假设令人生疑。甚至，很下流。"阿罗萨的女士"是我的缪斯。是她让我感受到重现的激情，而我当时已经过了半辈子。附带还让我发现了波函数。公平起见，应该把诺贝尔奖颁给她。但要把这解释给科学院院士组成的评委会听吧！

莫尔这本传记的另一个亮点：他在这本书（全书有五百页！）中只花了两三页的篇幅写我那只太过出名的猫。这已经够多了，因为说到底，猫的事只是一个玩笑而已。我只是把假想的实验搬出来，强调了它的无稽，但我始料未及的是人们把它当真了。你们想怎样？我是一个幽默的人，只可惜我的幽默不被同时代的人理解。我在那封可悲的表示我亲纳粹立场的公开信上签名时本应想起这个教训的。你说的是反话，可人们却没有听出来，你的意图原本是为了揭示其中荒谬的本质。这就是我的遭遇。

我想用恶作剧的方式来介绍我的伟大发现，申明我反对那些人们自以为是从量子力学中得出的离谱推算，我想写的是：根据我的量子力学，他们认为微观世界的不确定和宏观世界的不确定是一样的。简直就是屁话！我支持相反的论点，就为了不让人说我在该为真理说话的时候没有说话。白费心机。因为事情总是如此。

我的猫变得比我还出名。这有点像布里丹①的驴，遮蔽了

---

① 布里丹（Jean Buridan，1295-1358）：法国索邦神学院教授，他出名是因为证明了在两个相反而又完全平衡的推力下，要随意行动是不可能的。他举的实例是一头驴在两捆完全等量的草堆之间是完全平衡的。既然驴不知道该选择吃其中哪一捆草，那么它就永远无法做出决定，最后只能饿死。——译注

构思出它的哲学家的光芒。那个神奇的动物，顺便说一句，跟我的猫很像：在燕麦和水之间犹豫不决，最后只好渴死饿死。通常，科学史家说我只是为爱因斯坦的一个命题给出了一个有点趣味的实例，爱因斯坦设想的不是连着一瓶毒药，而是连着一个上了发条的锤子，实验中盖革计数器会点燃绑在一个火药桶上的引信。爆炸或不爆炸！当时，他刚刚公布了所谓的"EPR悖论"[①]，和玻尔的观点不同，指出了在他看来正处在可笑的转型期的量子物理。从根本上说，我还是赞同爱因斯坦，我一直都或多或少站在他这一边——所以我现在还记得那场非常复杂的争论的相关问题。

关于学者，人们很少能问出到位的问题。比如我，从来没有人问过我一直以来的偏好是什么，推翻那些反映实在的模式到底是由波组成的还是由粒子组成的？是左派或是右派？有的男人喜欢金发美女，有的喜欢褐发。有人去山上度假，有人

---

① EPR悖论是爱因斯坦、波多尔斯基和罗森1935年为论证量子力学的不完备性而提出的，又称EPR论证。EPR是三位物理学家姓的首字母。这一悖论涉及如何理解微观物理实在的问题。爱因斯坦等人认为，如果一个物理理论对物理实在的描述是完备的，那么物理实在的每个要素在其中都必须有它的对应量，即完备性判据。当我们不对体系进行任何干扰，却能确定地预言某个物理量的值时，必定存在着一个物理实在的要素对应这个物理量，即实在性判据。他们认为，量子力学不满足这些判据，所以是不完备的。——译注

去海边。无论做什么，人们在任何问题上总会分成两派。好像关于所有事物都有两种观点。不可调和。但同时又可以互为论证。看待同一个世界的两种不同方式，要决定自己属于哪一种。波还是粒子？你们可以根据对这些观念的喜好把人分成两种。我嘛？当然是波。我认为宇宙并不是由实实在在的微小粒子像盖房子一样凝聚而成的，世界是飘浮的，就像一种非物质的东西在虚空中颤动，把回声传到远方。

一只既是活的又是死的猫。即使我自己对此并不相信，但这个想法一定不是空穴来风。一样东西是它自己又是它的反面，我自己就是一个明证。你们有一首诗就是这么写的："火热的爱人和冷峻的学者/都喜欢，在他们理智之年，/强壮而温柔的猫，家中的骄傲……"好像"火热的爱人"和"冷峻的学者"一定是两类不同的人。人们可以同时是前者也是后者：是某人和某人的反面，就像莫尔提到我时所说的那样。爱人和学者，火热和冷峻，无神论和有信仰，物理学家和诗人。以此类推。是这个女人的爱人，也是那个女人的情郎。我一直过着双重生活，如果你们想让我说出事情的原委，说出你们在任何一本核物理教科书上都找不到的一个真相，我想那就是，我脑子中是先有"叠加原理"。它让我懂得了很多我用自己关于量子的小寓言故事展示的不可能的情况的诸多类型，在那些情况下，最好要知道如何同时在那儿又不在那儿，如果不想被毒死又不想显得太傻。那就装死来求生吧！

我很清楚：薛定谔已经在他的坟墓里躺了五十年。所以他不可能在大西洋边的一个海滨度假村过着隐居生活，并且现在开始讲述他一生的故事，对自己的人生和他本人都表示比较满意，洋洋得意地谈到他在科学上的重大发现和丰富的情感生活。更不可信的是他把他记得的过去的事情和在他去世后一年才出生的一个人的相关素材混为一谈。

但是时空、生死，如果不与那些条条框框和貌似粗浅的成见拉开一点距离的话，那么发明波函数又有何用？薛定谔不停地重复：只有一个实在。自始至终，他都忠于这一信条，不歧视任何人任何物。因此也认定万众归一。如果真是这样，那这个"一"可以是每个人，任何人。而我看不出一个在伟大的科学家去世后一年出生的人为什么不能被看作是他投胎转世。

"薛定谔先生！"

"是。"

"感谢您接待了我并回答了我这个地方小报记者的问题。您往后跟我们一起住在这里真让我们感到无比荣幸。"

"谢谢。这不是什么大不了的事情。"

"我看到趴在您腿上的这只猫。我忍不住要问您关于它的问题。我想，那只著名的薛定谔之猫，是您的？"

"其实是我妻子的猫，不过如果您愿意……"

"谜终于解开了。它的确是活着的！"

"这话是您说的！"

"可是……"

"难道我们知道谁是死的，谁是活的？"

"可是……"

"比如您……"

"我当然是活的。"

"真的？那我呢？依您看，我是死的，还是活的？"

"那自然是活的。"

"或者说我既是死的又是活的？"

第13章　变身为女子的猫

　　当然，在检查完猫，以给它建一个符合手续的接种疫苗手册的当儿，兽医把关于它的一切都告诉了我们。应该说，是把他快速检查完后所有可以得出的结论告诉我们。尤其是它的性别。不过，在他说出来之前，我心中已经有了判断。

　　关于猫的性别，我自有一套理论。我只说最关键的原则：甚至连公猫都是母的。这个理论不只局限在猫身上，对所有生物，也就是说地球上会呼吸的一切都适用。不过对于狗，正好相反：甚至连母狗都是公的。因此我的理论有非常大的阐释空间。有的物种是公的，有的物种是母的。世界被分成两半，根据完全对称的原理，以确保平衡和永存。顶端是人类，因为是人类完成对所有其他物种的分类，区分两性。不过当然，就某个特定的人而言，他的性别可能跟他的生理构造和心理表征并不总是相符。从阳性到阴性，还有很多中间状态。各种可能的组合。每个人，不管他什么性别，都好像悬在好几个状态之间，以至于他的身份一直是不确定的，直到某个偶然的反应让他表现出某种属性，和所有人一样，只不过各种属性的比例各不相同。

我有一套关于猫的性别的理论。不过，尽管我相信它完全行之有效，我还是只想把它留给自己。就像我对由此产生的合理的外推法也不置一词一样。散播这样的理论很可能会犯众怒。因为，理由我在前面已经说过，对于所有重要的问题，尤其是涉及品位问题，就像波和粒子的问题一样，人们总是分成两派，跟某人解释为什么自己属于这个阵营而不属于对面那个阵营纯属白费气力。一些人更喜欢猫，另一些人更喜欢狗，后者认为前者喜欢猫的理由完全就站不住脚——尤其当这些理由涉及性别的时候。反之亦然。同样，就人而言，我的理论也可以用在人身上，一些人喜欢男人，另一些人喜欢女人，他们的性倾向都取决于他们对自身身份的定位，通常人们很自然地认为每个人拥有唯一一个性别，要么男性要么女性，只会找他们喜欢的那个性别的伴侣，不管是男人还是女人。

这一切都有理有据，我对此非常肯定。这么一来，从科学的角度看，我要憋着不把自己的理论说出来着实令人遗憾。不过我已经说得太多，让别人对我产生了各种不正确的看法，而我的梦想只是要让大家关注这条唯一的法则：猫之爱，无论何时何地，都和女人之爱相似，不管这两种爱的方式如何。如果人们大喊大叫不同意我的观点，我也无能为力。不过，既然在这类问题上根本没有讨论的可能——每个人都坚持自己的立场，有多么坚持自己的立场就会同样坚决地反对相反的立场——既然这么做毫无效果，只会碰壁、得罪别人，那我宁可闭嘴。

在这一领域，我坚信关于猫的现象学的唯一新原则，它可以加到我前面已经说过的另两条原则上：所有的猫都是母猫。更何况这个原则在很多和猫有关的神话传说中都普遍得到验证，发现猫和女人有各种相似之处。有猫变成女人的故事。或相反。好像这样一种变形是可以理解的，不会太违背自然法则，跨越物种之间从理论上说无法逾越的界限。

男人的观点？我愿意这么看。人们说，男人很容易把女人当宠物，从她们是否有装饰性、是否温顺的角度去欣赏她们。我要做有罪辩护。不过更经常的情况是女人很喜欢被当作猫——比如，她们从来不愿意人们把她们当狗看待。与此相反的成见认为，她们在做比较的时候并没有清晰地意识到问题的本质，不过是被动地重现了一些刻板的印象，就像那些所谓的卫道士一样，让自己的生活被这些刻板印象所异化。所有的疯狂里都有理性的存在。如果一个女人认为自己是猫，为什么它要符合一个男人——比如我的观点呢？

更何况，一个男人的观点，这也说得太草率了。我是一个真正的男人吗？我是我自己吗？为了看得更清楚，必须建立一个性别的波动力学。应该放在虽老却行之有效的"叠加原理"中去考察，这一原理认为任何事物都是它自身和自身的反面。这是一个有待开拓的领域，你强大的抽象能力绝不会对此无动于衷，薛定谔先生。

男人或女人，这种分类还是过于简单了。为什么不是细菌、啮齿类、鸟、鲸或大象？或者：石头、河流、云或绿色植物？所有造物从根本上说都处于同一种不确定状态，裹在波包里的是各种可能的状态的叠加，等待在偶然的作用下朝着将在它们身上呈现的表象转变。因此波函数的建立只是朝学者们一直梦寐以求的伟大而包容万象的普适原理迈进的第一步：从量子物理学到各种生命科学、生物学、心理学、社会学，还有不容忽视的星相学，每一种学科最终都可以——以它们悬而未决的状态——在最终可以确定其身份的物质、星球、物种中找到自己的位置。

"你的星座？"
"双子座。"
"我也是双子座。"

"一个气象星座。"

"月亮星座是摩羯。"

"我也是：月亮星座是摩羯。"

"一只公山羊……"

"……和它的母山羊！"

"不过按照中国人的属相看，我属鸡。"

"一只母鸡！"

"你呢？"

"我属虎。五行属火。"

"光听这些！"

"就是。"

"我看你像属熊的。"

"一头大褐熊？"

"不如说是更像巴鲁熊和维尼熊。"

"太可爱了。"

"我呢，如果我是一种动物……"

"一只母猫，肯定。"

"是的，做一只母猫，这跟我很配。我肯定你会这么说。"

"我知道这么说你一定爱听。"

我说："猫"。我用"他"来称呼，但我想的却是"她"，就好像所有的猫其实都是母的。

124

　　说到底，必须如此才能让我爱上它。就像拉封丹古老的寓言中的句子："比疯子还疯狂"，诗人如是说。看到它千娇百媚的模样，它的身影、姿态、皮毛的柔顺和色泽都令我惊叹。我几小时待在黑暗中盼着它回来，它不在的时候免不了担心记挂，它回来的时候又假装有点无所谓，而其实它在我心中已经变得无可替代。跟它一起玩耍，在它鼻子前面放一个小球，或者是我自己用棍子、线和纸做的一个小玩具，任何会动会闪亮的东西。宠爱它，喂它吃我盘子里它爱吃的食物。邀请它爬到我的腿上，跳到我的工作台上，允许它懒洋洋地躺在床上，我已经习惯了这个像丝绸一样柔软的身体挨着我睡，偶尔我会轻轻打扰到它的睡眠，但又不会完全吵醒它，让它做一连串断断续续的美梦。

　　应该承认，让人灰心的，是爱到浓时情转薄。

　　我希望自己可以像爱这只猫那样去爱一个女人并且被爱。

　　人们通常用同样的性格特点去形容女人和猫。最经常的，是说女人和猫一样都表里不一。某种是她/它又是其反面的特性。走过来在你腿上蹭来蹭去一边喵喵叫撒娇的，跟认为抚摸的时间已经够了就会给你挠一爪子的都是它。它玩空中的一段绳子和嘴里咬着一只身子还在痉挛的鸟时是一样无动于衷的表情。人们根本无法知道它的哪个态度反映它的天性。男人很容易认为女人也是如此。当然，男人这么想女人的心理颇值得玩味。人们对于自己不理解的东西总会觉得神秘。消弭这种神秘感就是用一种让人放心的诠释、用套话和干巴巴的术语去改造它。

这只猫，我把它当成欲望的老师。我从它身上学到了什么是爱。它教会我真爱就是无所求的爱。一种感性的、完全或几乎完全超脱了"感情是相互的"枷锁。谁都不会认为自己拥有谁，认为他付出的感情一定需要得到同样的回报。因为谁都不会想去要求一只猫提供它爱你的证明，甚至是好感的表示。但这不会影响你对它的爱的强烈程度，相反，会让人放下所有感情买卖的想法，还有情感的索求。

"你爱我吗？"

"我爱你。"

"你真的爱我吗？"

"我真的爱你。"

"你只爱我一个？"

"我只爱你一个。"

"你完全属于我？"

"完全属于你。"

一个男人和一个女人之间会说类似的话。尽管他们经历了很多，知道这些话其实没有任何意义，这些话已经说过千百遍了。而且，就算这些都是真心话，它们也只是在夜里说说，随后就消失在夜里。

我和她常常会有诸如此类的对话。她是谁？同一个女人还是另一个女人？一些声音，我已经说过了。在空中飘浮的声音。一些游走在不同的人嘴上的言语。留下的只有言语，来来去去的是那些在黑暗中说这些话的红男绿女。

但问"你爱我吗？"的人，我得承认是我，而不是她。为了让我开心，她总会接我的话。对我而言，这就够了。至于她真正怎么想……她含情脉脉地重复我跟她说过的话——前面说过的和其他我不好意思在这里重复的话。有些话只能在夜里说才有意义。如果把它们翻译成白天说的话，它们就会变成相反的意思，事情就会变得有些肮脏，有些荒唐。别人自以为明白而其实和他们想的根本就不是一回事儿。

床上说的话，恋人之间的情话，是一种秘密的语言。它无师自通。需要的只是天赋。要演得自然。就像演戏。戏剧教给我们的悖论在于，任何时候都没有演戏的时候情真意切。可以扮演任何角色，从任何一行开始背台词。不管是悲剧还是喜剧都演得游刃有余。还要懂得在需要煽情的地方打动观众的心弦。

"你记得吗？"

"我记得。"

"我们当初就像诸神一样。"

"诸神？"

"别人都这么说。"

"他们这么说？"

"是的，说我们的眼睛里闪烁着光芒，说我们突然变得比神更美、更高、更强。好像什么都不会再波及我们，什么都不会发生在我们身上。"

"坚不可摧且幸福安乐。"

"什么？"

"人们常常这样形容诸神：他们是坚不可摧且幸福安乐的动物。"

"那倒是，这话没错：我们曾经是坚不可摧且幸福安乐的动物。"

"难道现在不是了？"

"不完全是。可以说，我们是半人半神。"

"这已经很不错了，不是吗？"

她像一只猫一样回到了我的生活。从黑暗中走出来。在生命最黑暗的时刻。不知道从哪儿来。全凭她的心意。高兴什么时候回来就什么时候回来。从来不说离开和回来的理由。重新回到我身边，好像很自然地回她自己家一样。这让她的每次出现都像极了一个奇迹。或者说，一个奇迹。这是一回事儿。一次显灵。在床单上。化身为女子。

一只母猫，千真万确。当人们把这句话译成白天的语言，虽然有别的更粗鄙的字眼，但这句话已经非常粗俗了。但如果在床上说这句话，它就变得自然贴切，找回了它的诗意。这是一个意象，在我看来，同时也是一个比喻和借代，就像那些有学识的人所说的——既指出了她的性别也点出了她的媚态。字典上解释说那是因为很久以前，人们把"chas"（穿线走线的针眼）和"chatte"（母猫）这两个词搞混了。但我对这种说法嗤之以鼻。就像诗人说的："不存在弄错，词语不会撒谎。"有人认为对某些人而言，要进天堂比骆驼穿过针眼还难。我是那头能轻易穿过迷人的针眼的骆驼，因此也能上天堂。

出现。消失。当它还在那里的时候就让人感觉它已经不在了，当它离开的时候总会留下一点什么。无谓地忙，无谓地闲。至高无上。拥有让人类傻傻地爱上它的所有特质。

"你就是这样看我的？"
"是的，就是这样。"
"像一只母猫……"

"当它想要的时候就过来寻找爱抚……"

"并打着呼……"

"……当它感到享受的时候。"

"我也会喵喵叫。"

"有时候会。"

"一只猫会离开……"

"……然后会回来。"

"是的，当它想回来的时候就回来。"

"哪一种母猫？"

"我不知道。我有个主意……"

"什么？"

"说来话长。你自己挑一种？"

"那么，一只灰白色的猫。"

"一只神猫。"

"一只半猫半神。"

第14章 有两个家的人……

"看，幽灵！"

通常，我都用这句话迎接被我叫作"猫"的它的归来。在闲逛了几小时、几天后，它突然现身了，要人们为它打开厨房的门，它径直走向饭盆，要求人们把它满上，像是很自然地行使理所当然属于它的权利。

"幽灵"：的确，这是个恰当的说法。每次都跟显灵一样。当然，没有什么是真正超自然的。犹如一个看不见的猫洞，像魔术师用来表演节目的翻板活门，控制着不间断的来来去去。一只猫不知从什么地方经过，溜进空中一道敞开的缝隙，一种目光。那里，可见的在颤动，镜中的像变得模糊，它钻进这个豁口，在世上重新占据自己的位置。

"这么说，回来了。"

"在它家。"

"可是，从哪里回来的呢？"

"别处。"

"就是说：从另一边。"

于是，可以假设，对它而言，存在着两个宇宙。它的生命一分为二，也就假定了在某个地方有一个和我们所在的宇宙相反的宇宙。某种像是反宇宙的东西，我们没有任何道路通向那里，但是得构建出纯精神的假设来分析这一全貌，只有认同它是如此这般的构成时，它才变得可以理解。

和它的两半。

一个颠倒的宇宙。一道不可逾越的边界把我们和它分开，这道边界当然无处可寻又无处不在，不过，为了方便起见，我决定把它定在杵在花园深处的那堵墙那里。想象一下，有种对称的效果，加上小镇统一的风格，越发显得合情合理。别墅和各种建筑呈几何形状分布，每样东西几乎都在稍远的地方重现，一切都存在于这堵不透光的隔墙两边，如同浮现在镜中的表象，物体和它们的倒影两两相望，一模一样，互为反像。

墙的前后：两个宇宙。就像负片和正片。一切"实在"都应被看作是另一个的底片。猫就在二者中的任何一个里面。同一只或另一只？同一只和另一只。因为它是唯一能任意在墙壁两边来回穿梭的，具有溜进豁口所必需的体型——只要豁口还在，那是花园别墅两边类似的连接点。和他人在那里过着一种生活，也许，是跟和我们过的完全一样的生活，同时又完全相反。既然每次穿梭它都换了一个宇宙，我们就必须接受它自己也存在两种形态的观点：一只猫和一只反－猫。当然，问题的关键在于，知道其中的哪一只和我们了解的那种形态吻合。它又是用了什么闻所未闻的特权，唯一具有充当此处和彼处go-between①的本领，从两个方向穿过连接世界的墙。

在我看来，孩子们总是幻想房间的壁橱通向另一座不是自己住的房子，一个秘密装置，能旋转的隔板，木质床上有一个隐秘的按钮，如果不小心触碰到它，床就会翻转到隔墙的另

---

① 英语：中间人。——译注

一边。感觉到所有地方在身后都藏着另一个自己，完全看不见，却又通过或多或少隐藏的一道道门和它相通，门的另一边隐居着所有害怕夜晚的人。

做梦，回来，于是就穿墙回来。

这就是原因。而且，人们从来不会梦见自己现在生活的地方。总是在别处，尤其是曾经住过的地方。所以，若是想在梦中回到一所房子，就得先离开它。在梦里，我依然常常身处一所公寓，我在巴黎长大时住在那儿，过去的梦也一直在那里等我。又看到那间卧室，我曾在床上窥视夜晚的波浪，它朝我涌来，浪尖上漂浮着不明生物的黑影。位于卢森堡公园和蒙帕纳斯之间一幢奥斯曼风格的楼房。在我出生前的十五年，处于解放和食品配给时期，父母找住处找了很久，因为一个意外的机会，在那儿安顿下来。原先的住户自杀了，从阳台上跳了下去。我不大清楚自己是何时得知此事的。大概是很小的时候，耳尖听到大人们的一次谈话。否则，我无法理解自己对这个阳台的恐惧，极度的恐惧，摇摇晃晃的铁栏杆悬在空中，这种眩晕感打那以后一直就纠缠着我。我也坚信，人们住的往往是死人的家。

公寓在七楼。壮观的楼梯绕着后来安装的现代电梯柱，盘成螺旋状。不过在楼梯间的末端，一层一层地，矗立着一块巨大的绿色玻璃，饰有几何图案，让人想起教堂的彩绘玻璃。白天的光线很柔软地穿过，人们透过玻璃隐约看见另一个楼梯间，被称作"后楼梯"，像是皮影戏一样，复制了原本的那一个，木质台阶连着每间公寓的配膳房，通往顶楼，那里过去是"女仆房"，一些房间里仍然住着楼里最富有人家雇佣的仆人，可大部分已经租给在拉斯帕伊大街法语联盟上课的外国学生。

就这样，大楼就像是由孪生的两部分组成，一部分遮蔽了另一部分，二者之间也几乎互不相通。这两幢双子楼中的每一幢都住着各自不同的人群。两个人群相互之间完全不认识，也不会因为最基本的礼貌打个招呼问个好，互相没有给予任何形式的关注。只在一楼大厅取信时在门房外面擦肩而过——在爬楼梯或者乘电梯之前。石砌楼房壮观的正面朝向街道，打造精美，是一个世纪前的古老风格，充满象征意味的仙女构成了阳台上的女像柱，在它身后，像背景一样藏着用玻璃和木头做的楼梯，一直爬到顶楼。顶楼还有加出来的一层，貌似只要爬几级台阶就能上去；但它显得非常遥远，好像在另一个星球上，令人不安又一无所知的星球。时不时从天花板上传来脚步声或是说话的嘈杂声。更让人惊讶的是，七楼被视为顶楼，正式来说没有八楼，因此所有这些藏在屋顶下的房间都可以被看作是幽灵的房间。

在我小时候，梦总是大同小异。我回家。可敲开门，门后的公寓完全变了样：是另一处住所，属于另一些我根本不认识的住户，发现自己没有了家，没有了房子，遗世孤独。或者——这是前一个梦的变形——坐电梯。我按下了顶层的按钮。但是，奇怪了，电梯没有在七楼停下。它继续向上升，好像电梯柱穿破了天花板，一直冲到"女仆房"那层，电梯门朝向一片不存在的平台。我踏进了一个看起来熟悉的世界，可实际上，完全陌生。突然来到了另一个维度。而且一点儿都不知道如何找到回家的路。阴暗的长长走廊，不可能存在的楼梯悬在空中，房门开向昏暗宫殿深处的废弃住所。房间里没人，业主很快会回来，要求未经允许就进入他家的孩子做出解释。

其实，是食人妖的住所，在云上，电梯代替了童话中的神奇老豆荚。

如果好好想想，即便想不起来可能是我童年焦虑根源的某个小事件，我都坚信：所有的房子都由两部分组成，彼此分开，但非常相似又挨在一起，好像没有什么比误打误撞从这边楼座穿到那边楼座更容易的了。由此延伸，长大后，我终于在逻辑上认为所有空间都藏着几个一模一样的空间，每个空间里面都生活着一个我。如此一来，再也没有任何地方是我可以视为属于自己的了。我确信，不管我在什么地方，我真正的家在另一个地方。

有句谚语说："有两个家的人会发疯。"如果这话是对的，那么，我就总是处于合理错乱的精神状态。这一定始于童年，我住在一处包含两个空间的地方，不确定自己是在哪一个空间里真正活着。但是，和所有真正的谚语一样，这句话可以像手套一样反过来说："发疯的人会有两个家。"因为这个看法似乎更说得通：是我有些错乱的精神让我以为生活中所有的地方都好像是双生的，使我在每个地方都成了闯入者、局外人。

就像在这里。

到处都一样：同一个世界，但有两种存在形式，如此不同，以至互相排斥，每一种在统治时都要求独掌一切。白天是正面，夜晚是反面。有必要思考一下它们往来的方式。因为，即使规则通常要求这两个宇宙保持自我、对另一个毫无所知，它们仍然有所关联。在梦中或是在其他时候，有人穿过了墙，强行辟出了自己的道路。

第15章　反–猫：假设

不管它是到来还是回来，不管他是以猫的形态还是以我称之为反–猫的形态出现，天狼星，或者无论人们给它起的什么名字，都必须具备穿墙的能力，在我谈到的两个宇宙之间建立一种联系，还没有任何东西能让我确定其属性。

另一个维度？愿意这么说也行。但是哪一个呢？回来，它是一只猫，在另一处游玩过后回到自己的领地。到来，就得把它视为一只反–猫，来自它所属的相反宇宙，暂时潜入我们的宇宙——为了方便起见，但完全不敢担保，把它当作"真的那只"会更简单。

但是无论在这种还是那种情况下，要假设存在一种连通器，通过它，被花园尽头那堵墙分开的两个世界互换各自的形态，其表象是我从"第一次"的那个晚上开始注意到的"显现"。不过，虽然我苦心编造了这么多，我还是理不出个头绪。

因为严格说来，我对这种往复运动一无所知——以猫的形态，或者以反–猫的形态，还有待确定——通过它，某种东西到来、回来，除非这个连通装置必须以一种或另一种方式严格遵循相互原则。

生命的数学就此诞生。都说自然怕空洞。如果某个东西消失，就必须有另一个东西出现，来填充世界表象留下的缺口。而如果某个东西出现，就必须是为了代替之前消失的某个东西，为了填补空白，否则空白就会留在表面上。不多也不少，不缺也不剩。为了宇宙的大平衡不受影响。因为，无论人们做什么，也无论人们多理性，多少都不得不有点相信魂灵的轮回转世，相信找到的和丢失的物品互相交换、互相替代。

科学赋予这种迷信一个学术上的意义，叫作"物质不灭定律"。一条适用于一切又很愚蠢的经济小规律。以它为对象的所有改造、所有改进，都归结为拉瓦锡[1]的一句名言，自它被发现伊始就没有改变其要义："物质虽然可以转化，但不能消失或凭空产生。"因为，即使人们改动了一切，把知识大厦弄得乱七八糟，也至少要保留这一原则，各种方程计算的最终结果才会正确，才能让宇宙的资产总表在任何时刻都收支平衡。

否则人该往何处去？

我在谈论它时一定要用"幽灵"这个词，其实，我很清楚是为什么。而且知道为什么从"第一次"开始，这只猫在花园中的出现让我想起了薛定谔的"假想实验"。这个实验很有名但晦涩难懂，逐渐把我引向一种思辨的谵妄——关于量子力学、天体物理学、波函数、叠加原理，以及所有或多或少已被证实的旧概念，对它们的理解，即便是个大概，也远远超出了我的科学认知水平（很差）和我的智商（也强不了多少）；给了我一个有些偏执的叙述的混杂素材，就像人们在失眠的夜晚编给自己听的故事，白天的所有碎片都在黑暗中并行和交叠，醒来时只剩下一锅粥一样的记忆。某样不像人类精神能生

---

① 拉瓦锡（Antoine-Laurent de Lavoisier，1743-1794）：法国著名化学家，近代化学的奠基人之一，"燃烧的氧学说"的提出者。他根据化学实验的经验，用清晰的语言阐明了质量守恒定律，也称物质不灭定律。——译注

产出来的登记在册的产品目录上的东西：一个模糊的故事，建立在某个无根无据的逸闻不可靠的基础上（一天晚上一只猫在一个花园里），东拉西扯，背景、时代、人物交织在一起，总是变换口吻，从最沉重的到最轻松的，具备让人难以做出评价、打消好感所需的一切。一个只会让我记起一点理性秩序的故事。除非，在同时，我失去了一切机会，不能把这种经验进行到底，跟随自己看到潜入黑暗的这个身影，和它一起走向它带我去的地方。而前提则是，不计后果地前行。

一则寓言：世界像是黑暗中摆在永无乡的一只盒子。尤为重要的是，不要掀开盖子。因为它当然是空的（盒子）。只有在不打开它的情况下，人们虽然不相信，才能保持它装有的神秘幻想完好无损：不可展现，其形式是一种盘旋于自身的不透光的微小云朵，一种虚无的乌托邦，缩成一团，在空中盘旋，包含空间的一切厚度、时间的一切深度，难以想象的总量里，有既在的、不在的、本可以在的，用那只既是活的也是死的猫的样子，也可以用任何其他东西来表示。

没别的事做，除了长时间地在它（盒子）旁边做梦，讲着没头没尾的故事（讲的主要是一个能随心所欲穿过隔板的造物），为了尽可能久地推迟这个时刻：承认它里面没有任何东西，它不存在，甚至没有盒子，或许，连世界也没有。只是一片向四处蔓延的无边无际的漫漫长夜，只让眼睛虚构出不在场的影子轮廓，让耳朵聆听消逝声音的密谈。

　　猫从何处来，我其实一直都知道。从"第一次"起就知道。要看到它，首先得愿意相信它，并相信这个我在其中安插了密使的宇宙。

　　我不是在说自己真的把这只猫看作死者的信使，像熟知古老神话的专家们所说的那样，是只"招魂猫"，即"通灵者"。更不是将其视为一个"幽灵"，无论是什么人的魂魄或者转世。我不会轻率到这个地步。不过，如果真要说实话，我感觉自己一直是一分为二的——让我的大脑保持相对稳定的一半不能无视另一半，它完全独立于前者，根据完全不同的规则运转，也就是"奇思妙想"的规则。这种思想，本能地就会任意把某物阐释为另一物的象征，只要二者之间存在模糊不清的相似点。因而，若是某个到来的物体或多或少混同于某个离开的物体，也就没什么可惊讶的了。这些物体中的第一个自然而然地取代了另一个。或者至少，本能地栖身于另一个之前所占的位置。

　　根据一个很普通的心理机制，虽然有点可悲，我都得承认我自己——至少是一半的我——不能完全摆脱它的制约，希望所有来到自己身边的生灵最终都和一个已经离开的生灵画上等号，唯一而又非常自然的原因是，这个生灵听到了上天的召唤才会来到这里，而召唤都是因为缺席造成的空虚引起的。

所有新的情感，所有新的孩子，所有新的爱情，当然还有人们所哀悼的动物，被抛弃的情人和所有孤独的生灵都是它们的同伴，非常准确地取代了死者在你身旁的位置。

虽然没有到达那个程度，可我必须承认，我的疯狂和这种轻微的精神错乱有很多相似之处。人们可以相信一样东西，同时又不相信它。精神的运转同时按照不同的程序，来自互不相容甚至干脆对立的信念。我甚至要说，只有在这种条件下，人们才能避开真正的疯狂，在自己身上保持若干种精神，以便在必要时任意更换，在不威胁大脑理性平衡的情况下，在它的某个部分有时能找到一个荒诞的避难所，让你相信平行宇宙的存在，让你能忍受现实自身的模样，并为你呈现出它原本的样子和有别于它的另一个样子。

这样，从"叠加原理"本身到波函数，人们能得到一个显而易见的心理学阐释。在装有颅骨的盒子里，悬浮着和意识最为相悖的状态，它们和平共处，小心不要凑得太近去观察，应该允许把信仰寄托在某一样东西和它的反面之上，而不是偏听偏信。

我希望就这个问题请教薛定谔教授，并了解他是如何看待对其理论的这种演绎。我喜欢他阐释量子力学的寓言故事，因为它有科学保证，即便是为了立刻否认这种假设，也让人想到一只猫可以同时既生又死，也就承认了在某些条件下，这两个宇宙有时是相通的。由此，我在想，实际上，编这则寓言、想出这个"假想实验"的时候他其实是身不由己，起初并没有这样的意图，寓言的模棱两可让他生出一种信念，也会让他生出另一种与之相反的信念。像作家之于他们的小说和诗歌，人们永远都问不出他们究竟为什么写作、作品到底意味着什么。我不确定学者们是不是也是这样操作的。

所以非常严谨的基础物理和它的"物质不灭定律"，会跟那些一直谈论鬼魂和轮回的愚蠢的迷信达成共识。科学的公式并不比古老信仰表达出更多内容，那些古老的信仰让世界充满了幽灵，并认为任何一个生灵死去之时，会有另一个就会诞生。灵魂的总数永远都是固定的，总是同样的灵魂来回在阴阳两界，确保了它们之间的永恒循环。穿墙而过。因为，每个生命死去，必须有另一个生命诞生，二者之间是相互的。根据奥卡姆的剃刀原理，与其设想某种东西能从虚无中生出或在其中消逝，还不如认为生命只是在变换位置，只是由于观察视角的不同而出现或消失，在一个一分为二的世界里，所有生灵都可以永远地穿梭其间。

如果生者变成了死者，那么死者也得变成生者。这就在逻辑上将生者定义为反-死者，或者将死者定义为反-生者。

这是最简单的解决方式。它能一下子十分经济地解决两个历来困扰人的思维的问题：垂死者往何处去？生者从何处来？唯一的谜。从摇篮到坟墓。同一个坑。空。像一只盒子，人们一眼看过去，里面的每个生灵都应该是既生又死的；一个保留着一切的盒子，里面不断进行着平凡而神奇的转换。

实际上，这是一个简单的逻辑问题。既然这只猫进入它在其中没有位置的我们的世界，就得假设这是因为某种别的东西离开了这个它本该待着的世界。因而出现的东西和消失的东西无可争议地交换了位置。而将它称作一只反-猫，就再次证明，它来自另一边，我们根本无法了解它，除了另一边为了保持整体平衡而在我们这边显现。

一个纯粹的补偿机制。

这样，当保罗·狄拉克①用爱因斯坦的狭义相对论原理试图瓦解薛定谔和海森伯格的量子力学原理时，他得出了一个方程，荒唐地赋予了所涉及的某些能量一个潜在的负值。突然，这位学者相信自己刚刚建立的数学公式，假定存在一种新

---

① 保罗·狄拉克（Paul Dirac，1902–1984）：英国理论物理学家，量子力学的奠基人之一，对量子电动力学早期的发展有重要贡献。他给出的狄拉克方程可以描述费米子的物理行为，并且预测了反物质的存在。1933年和薛定谔共同获得诺贝尔物理学奖。——译注

粒子，任何人都从未观察到它，谁都不相信，这看起来似乎平淡无奇，但其必要性基于一个事实，即它必须和自身系统内部的电子相对应，在正极上平衡后者的负电荷。于是提出了一个原则：就每个粒子而言，都必须对应它的反粒子，据此又创造了反物质这种更加自相矛盾的概念。同样，当天文物理学家们为了让自己的推算得到验证，在试图测量星系总量时，必须假设宇宙中存在着一种暗物质，虽然它完全不可测，但大小却是其可见的对等物的七倍。

不是说量子物理学的反物质和天文学的暗物质有什么共性，更不是说和波函数的叠加状态有什么共通之处，当然，还没有谈及无生命之物的其他形态，我们本能地把所有死去的东西、所有消失的造物都放在那里。我不谈这个。我后悔向别人宣扬自己浅薄而芜杂的学识和建立在没有任何关系的术语上的很不可靠的观点。

但我认为，他们的创造过程是有可比性的，并导致在所有情况下都以假设不在之物的存在为前提来解释既在之物的存在。科学家们从他们的计算中推出一种绝对虚构的实体，它被先验地认为是不可能的，而其存在的必要条件是上述计算结果恰好正确。而巧的是，观测随后证实了假设，尽管这种假设当初是在完全不考虑初始数据和人们直到那时自以为明白的东西的基础上提出的。所以有一天，某人在实验室做实验，出于偶然，好像发生了奇迹或者得到了上苍的帮助，正好碰上一大群让实验记录变得离谱的真真切切的反粒子。或者更为真实：这些反物质在一个角落促成了一个小小的反常现象——如果观察者没有忽视它，就会认为自己的选择还是有点价值的。他胜利地宣告自己刚刚发现了反物质；而另外一个人在此之前——这里指的就是狄拉克——已经预言了它的存在。至少，人们把科学故事用简单通俗的版本讲述出来的时候就是这么说的。想象一下，实验观察是为了证实理论假设，仿佛前者真的就独立于后者，又好像理论不会同样产生实验证明需要的实践条件。

因为，正如我所说，人们唯一客观看到的事物，是首先对其有概念的事物，并且在某个特定时刻决定相信它。于是，在这令人眩晕的巨大混沌中，毫无道理，没头没尾，或许最终就出现了实在世界。不管怎么说，人们还是从中得出了一个勉强合理的系统，即使为此要在其中纳入各种不可思议的元素，甚至给它添了一种反-实在的叠加，来满足一个先验的观念，即一切都必须是对称的、平衡的。只有这样，最终一切才能有条不紊。

一个颠倒的宇宙飞快地把它的反现象推到我们面前，用一种钟摆运动，不让这个大问题一直悬而未决。由于这个问题，在和不在都蕴藏在这深不可测的神秘之中。

第16章　无人之景

因此，我必然会得出这个结论，既然是我离开了它；而从现在的情况来看，如果这只猫回到了我们家里——那是因为家里缺了什么东西。

是什么呢？

你的舌头让猫叼走了？

"你记得吗？"
"当然，我记得。"
"可你不再说起它了。"
"我知道。"

"除了你，我又能对谁说这个呢？"

"我很清楚。"

"没有一个白天，没有一个夜晚不……"

"是的。"

"你是不是更愿意我以后都不再提起？"

"不。正好相反。"

这是两个声音在说话。是别的声音，还是相同的声音？看不到声音的主人。像在电影院里，摄像机的镜头从演员身上移开，画面上没有人。镜头推进一栋空荡荡的房子：客厅，走廊，左边的门，卧室，床上凌乱的被单，褶皱让人仿佛看到曾经在那里躺过的身体。已经起床了。在白天的这个时候，他们应该在花园里。窗帘拉起了一半，透过打开的窗户，可以瞥见外面一小块地方。唯一能看到是根树干，树皮上绽放的是大片的石灰白斑，树枝光秃秃的，分杈伸向天空，但从这个角度，看不到树梢。

画面变了。树在右侧。前方，一座花园铺满了整个画框，延伸开来，景深让它显得无边无际，但某些细节勾勒出了背景的恰当比例，表明它的大小应该和一个大沙坑差不多，就像人们在公园里看到的一样。不会更大。四周是水泥墙，稀稀拉拉地被一些植物遮掩：攀爬费劲的野葡萄，几乎干枯的淡黄色金雀花，两株笔直的松树。隔壁房屋的后墙成了背景。光线强烈，消解了所有色彩。近景处，是一团热烈鲜亮的橙色，大片大片的鲜花杂乱生长。其余的一切，同样看似奇特，像是一种闪亮的灰色，是夹杂着杂草和苔藓的沙子的色调，反射着阳光。

上面是天空。很蓝，却有很多云朵在飞快地游走，强劲的风把它们吹向右边。各种形状时卷时舒，时隐时现。人们看到的就是它们。镜头很久都没有移开。让人感觉唯一逝去的东西在空中：这出戏并不在乎这微不足道的融解运动，春天了，大团大团的蒸汽，如同冰川脱离了大冰块，突然在自身的重量下坍塌，碎片乱七八糟地挤在一起，被同一道洋流带走。

画面又回到地面上，除了人们已经看过的，它一点也没有展示更多内容。人们真的会说那儿没有一个人。花园里没有，屋子里也没有。人们陆续听到的——声音停止了一会儿，对话又开始了——和看到的场景并不相关。和画面不同步的声音。以至于人们再次自忖，这些声音是谁的，是否真的是想象中在露台上说话的那个男人和女人的？而视野扩大后，却发现那里一个人都没有。这样一来，人们当然就会认为这些声音属于另一个故事，和第一个故事同时展开，却依然不可能将它们一一定位。

"没有一个夜晚，没有一个白天……"

"现在的一切都好像很不真实。"

"像是反的。"

"是啊，这是真实的生活，似乎又只是一场梦。"

"我们总是从梦中醒来。"

"好像它发生在昨天。"

"不是昨天，是现在。好像它依然而且永远就发生在此时此刻。"

"我们忘了……"

"别这么说。"

"……然后我们忘了自己已经忘了。"

"好像它从来都不曾停止开始、重新开始。"

总之，当视线往下看，画面呈现的也许是另一座花园。单单这一个运动，从低到高又从高到低，就足以首先制造出幻觉，让人们以为又回到了同一个地方。而眼睛立刻就从微小的细节意识到事实并非如此，环境发生了变化：一棵树有些像之前在画框右侧角落里的那一棵，而实际上，是在一个不同的空间，那是一棵椴树而非胡桃树；近处的草更绿更高，而且，尽头的墙壁消失了；远处，是一片辽阔的乡村景色，有田野，隐隐约约的山丘上树木森森，像波浪一样在天边起伏。

如果是在别处，一切也许都在过去发生。另一个场景。它必定和前一个有联系，因为继续进行的是同一番对话。人们还是看不见是谁在说话，也没有更清楚问题在哪儿。要让幻觉停留，其根本在于让图画保持相当的空白，一幅无人之景的图画，同样的光线落在事物上，让每一个东西都显得异常清晰，令视觉几乎承受不了。

说着话的他和她，是唯一能够认出画面此刻呈现之处的人。唯一能记起的人。他们说话，他们回忆。一天又一天，雨水不断落在几乎废弃的房屋上：一张床、一张桌子、两把椅子、地上打开的几个行李箱，一个藏宝地，他们有点盲目地搬到了这儿，是农场里一幢翻新的房子的一侧用来出租的厢房，在旺代一个小村庄的尽头。而现在，突然，阳光重现，整个大自然都立刻释放出满满的能量，通过生机勃勃的事物展现所有在坏天气里积蓄的物质。他们两人观看了这场重新开始的演出，故事停止了，悬在空中，但时间仍然重启了自己徒劳的运动，它有自己的目的，走向虚无。

"那然后呢？"
"然后？"
"明天？"
"明天，还是明天。"
"没别的了？"
"是的，没别的了。"

浓浓的哀悼充斥了蓝色的天空，天空将自己的光明洒向世界。

这是我对过去几个星期、几个月所铭记的回忆，我们的女儿去世后，为了逃避所有人的陪伴，我们来到乡下一隅，偏远得像是在地球的另一端。让悲伤可以宣泄的藏身之处，虚无。像是一处避难所。虚无的避难所。持续一周的暴雨停了，晴朗的日子重现，突然一阵眩晕，再次睁开眼睛看向景色耀眼的深处，完全空无的景色。好像它的消失在事物的厚重里开了一个透明的孔，让人看见一个巨大的空洞，吞噬我们生命的所有意义和蕴含。一种虹吸管旋涡般吸进了空间和时间，把它们变得足够纯粹后再喷出来，一种彻底赤裸裸的存在。宇宙神奇地充满了一堆没来由的只为我们而准备的征兆。

有点像心醉神迷。可耻又可怕。只要还没有触到谷底，人们就不会有这种失去一切的体会。还有完全自由地置身于一个变得彻底空无的世界中的感受。轻轻浮起。大地在脚下塌陷。再也没有什么可以依靠。

"你记得吗？"

"我记得。我喜欢回忆那些日子。我在想，要是我忘了所有其他日子，这些日子将是唯一残存的记忆。"

"我们是幸福的。"

"没错。"

"既绝望又幸福。"

"会有人明白吗？"

"不，没有。"

"除了我们。"

"一个秘密。"

这是人们听到的话。同样的镜头继续在拍。定格。没有人在画面里。要花上一点儿时间才能意识到，有什么东西正不管不顾地在动。风吹草动。或是一个正从这里经过的小动物。一只栖息在几步之外的鸟儿。

它消失了，世界失去了中心。腹部一个洞。仿佛胸膛上的一个伤口。透过它，只看到虚无。在它的缺席时留下的空间里：白天令人惊愕的景象似乎从不可见，悲伤让人绝望，我们没有任何其他事情可做，就一直睁开眼睛看着它。麻木地，看着万物单纯的美丽。太阳在空中公转。月亮和星星缓缓地浸泡在黑暗里。随后，生命不再有任何理性的事情要说，急忙向我们发出同样的迹象。它走了，像一阵狂风吹走了一切，在远处驱散了存在的虚假表象，一缕清风向我们送来这些数不胜数的微小现象，我们没有别的更好的事情可做，便痴痴地看着它们。

每个夜晚，都有一只猫头鹰栖息在栅栏的一根木桩上，栅栏围着一块闲置许久的耕地，依然被几根带倒刺的旧铁丝拴着。我们看着正盯着我们看的它。一动不动，好几个钟头，闭上双眼。奇怪地感觉到它在窥视我们，秘密地关心我们，守护着我们的睡眠。还有那只大蟾蜍，我们听到它的聒噪声，它离开草丛，从花园那边爬上来，在通向露台的台阶上拖着笨拙的身体，过来跟我们道声晚上好。而在早晨，正如诗人所说，整个大自然都沐浴着荣光，仿佛想确信我们一直都在。

我希望可以说我们迎来了一只猫的光顾。可是，说实话，事实并非如此。相反，我清楚地记得是那些兔子，一大早，便离开洞穴，四散在我们的窗前。它们是我们的信使，传达某种信息。只是一点思念和牵挂，并不意味什么。

要活下去，正如好心人浅显的智慧所表达的那样，但这是一个我们不会从任何人那里接受的意见。可如果是来自一只猫头鹰、一只蟾蜍或一只兔子，我们会很乐意接受这样的教诲。

画面所呈现的花园。以前的那个和现在的这个。我说这是"她"的房子，因为我确信她买下这栋房子只是因为跟另一栋很像，觉得应该有这个第二住处来继续在第一个中开始的故事。一种设计好的神奇空间，来接收世界发出的所有信号，如果没有它，世界就不能像以前那样向我们表达它的关切，证明它的好意。

一言以蔽之，是在另一个风景的虚空中展开的一幕场景。以免有什么东西、什么人需要它。

为了回到那里。

其实，是同一个花园。在那里，现在声音安静了，在生命广袤空无的荒漠中，静止的画面呈现出一个走向我们的腼腆的小小身影，在沙堆里打滚，拉长了身影，离开树木躺在草丛中，朝房子走去。无望而沉重的太阳，此刻，压垮了一切，用它饱受烦恼折磨的重量压在宇宙可见和不可见的事物上。一只猫从这些事物中经过，没有特别留意它们，反倒给了它们一种闲适，给它们，也给我们这些依然活着的人。

是同一个花园，因为我们从未从里面出来。

第17章　完美的故事

是死是活？

我知道一个完美的故事，如果想一想，就会觉得它是对薛定谔假想实验的最佳改编。它所呈现的世界似乎其自身叠加着"实在"的两种相反状态，它的存在只取决于观测，而每个人都是被观测的对象。或许这个故事也是我此生最真实的写照。奇怪的是，我直到现在才回想起来。

我说："我知道一个完美的故事。"然而，事实上，我对它知之甚少。几乎一无所知，甚至不知道它的作者是谁。也许是我在图书馆的某本旧书上看到的。是哪一本呢？我随意翻开旧书时，总是怀有一丝希望，希望幸运降临，让我正巧翻到它，不过这种事从未发生。另外，我不记得自己看过这个故事。似乎是听谁说的。是谁呢？又在何时？我自己常常会讲这个故事，期望有人记得它的来龙去脉，对我说"当然，这个故事很有名"，并告诉我在哪里可以找到它。可似乎没人知道它从哪儿来。而且，每一次，好像听我讲这个故事的人都是第一次听到。差一点，我就要以为是自己杜撰了这个故事。

我称它为"完美的故事"。它——至少对我而言——明显带有某些古老寓言的痕迹，这些古老寓言流传了几个世纪，让听到的人每次都同样惊愕：好像突然在眼皮底下发现了其实本来就一直在那儿的悬崖，就在脚下。眩晕中，他迷失了自我，真理恰恰也在那里。总是新的，却又非常古老。有点像"死于撒马尔罕"①的故事。还有其他几个故事，或者是——能自豪地说自己构思出了这类故事的作家很少——爱伦·坡或博尔赫斯的几个短篇小说。也许是因为这两位作家——博尔赫

---

① 这是一则波斯哲理故事：有一天，在巴格达，一个大臣来到哈里发面前，脸色苍白，浑身发抖："原谅我这么惊惶失措，刚才在宫殿门口，人群中有一个女人撞了我一下。那个黑发女人是死神。她看到我，跟我打了个手势……既然死神来这里找我，陛下，请允许我逃离这里，逃到远方的撒马尔罕。如果赶紧的话，我今晚就能到达那里。"话音刚落，他就骑上马绝尘而去，飞奔向撒马尔罕。哈里发走出宫殿，他在集市的广场上也遇见了死神。"你为什么要吓唬我那位年轻健康的大臣？"他问道。死神回答："我没想吓唬他，不过看到他在巴格达，我很惊讶，只是冲他打了个手势，因为我今晚在撒马尔罕等他。"——译注

斯也同意这个观点——只是重复了比自以为发现它们的人的记忆还要古老的童话故事的素材而已。

就当它又是一则中国传说好了。

我觉得，这类故事屈指可数，所以应该这样想：世上所有故事都只是那些老故事的改写，每位作者注定在赋予它们的不同词语的伪装下不断重复。我没有夸大我的"完美故事"的独创性。它很可能来自某个我不知道的古老传说，那样的传说有很多。我还知道今天有好多故事——在书中读到或者在电影中看到——都是对它或拙劣或过分的改写。

我说过，当我讲这个故事时，从来没有人告诉我它属于谁。不过，事实上，所有听到这个故事的人似乎对它都很熟悉。好像他们已经听过了。他们并不能比我更好地说出何时何地，或者，是从哪张嘴里听到的，"似曾相识"。就好像是在生活中，突然遇到一种无法解释的熟悉境遇，在心中猜测起来，认为这个新场景以前就经历过。或者更确切地说，梦见过。于是生活就以它的方式证实了人们在童年时期做过的梦。

我称它为"完美"。但它只在我对它的记忆中才如此（"完美"）。所以，有时候，我感到最好是对它一无所知。如果我确实读过这个故事，如果我再次听到它，如果我又见到当初的样子，我很清楚自己会多么失望。而当轮到我去讲这个故事的时候——这个故事我常常说起，我很清楚自己完全没有天赋将它原原本本地复述出来。某种神秘的东西消失了。尽管我竭尽所能，却还是做不到完美。

当然，我天赋上的不足不是唯一的问题。我怀疑最聪慧的故事作者都未必比我做得更好。故事只有在它尚未成形时才是"完美的"，在它和其他所有故事一起飘浮在虚无中的时候。把它付诸文字当然是唯一让它存在的方式，但与此同时，也反过来破坏了它，仿佛只有牺牲它才能令它得以存在。

只有少数故事表达了同一种眩晕，在生命虚空的真理面前的眩晕。它们和人类一样古老。每个人都在孩提时代梦到过。之后忘了。在漫长的时间旅程中，他对此没有充分的认识，被一种抑制不住的怀念推搡着，开始在这些故事中寻找包含其他所有故事的那一个，并称它为"完美的故事"。他有时会忽视自己的寻觅，放弃它。但是，在现实中或在梦中，每隔一段时间，一些迹象就会沿着他所走的路出现，吸引他，用谜一样的东西让他想起这迷惘的发现。因为他做不到完全放弃一个念头：这个故事是存在的，如果找到它，它就会向他透露他所寻找的秘密。

人们也可以认为——他必定会这样认为——这个故事不存在，从未存在过，是他自己，在某个晚上不知不觉虚构了这个故事。虽然不完全相信，但他仍能感到它把自己带向某个地方。因而所有这些迹象，在梦里或者现实中，都在对他说话，而不是回到由这些迹象构成的过去残留下来的故事，用一些预言式的碎片，宣告他生活中将要发生的故事。像童话里在夜间发亮的白色石子，人们不大清楚它们铺就的路是森林中的哪一条，也不清楚那条路是通往昨日还是明天。

他以为重塑了过去的故事，却在不知不觉中创造了未来的故事。总是无法让它们成形，它们像某样东西的正反两面，他总是称其为"完美的故事"。带着找到它的希望去阅读。有时，在同样的希望中书写，希望某一天已经将它写就。他不停地努力去想脑海中非常简单的童话，叙述随之无止境地扩充，从插话到转折，从附加到重复，这个童话有一个巨大图书馆的规模，他寻找的那本书无处可寻又无处不在。从来没有一个故事正好是"完美的故事"，而每一个故事又都是它，在小说不切实际和随心所欲的外表下变形，仿佛有数千个，这个空无的真理，映照在数百万面词语之镜上熠熠生辉。一切意义都源于此，也消失于此。

一个人在做梦。

一个人在夜里做梦，梦见自己在乡村散步，在梦中的风景里走了很久。这是春季美好的一天。阳光柔柔地照着世界，令所有色彩熠熠生辉。他步行穿过草地，沿着田野，有一会儿顺着一条小河，小河蜿蜒在山丘的一侧。他在灿烂的画面中不知疲倦也不厌其烦地前行。他好像缓缓地走了一个小时又一个小时。小径遁入树林，他在高高的树下走过。光线在树叶间欢快地玩耍，投在灌木丛棕色的厚地毯上，他的脚步陷进斑驳树影中点点闪亮的水洼里。他又走了很长时间。远处，在最远的那排树后面，他瞥见了一片空地。当林间空地的幕布最终在他面前拉开，他发现有一栋房子，完全是自己想象中的模样，如此田园牧歌般的环境：木筋墙的茅草屋，像一条带有缆绳的诺曼底的船，茅屋顶，木窗板，四周是花园，花丛中长着一棵高大的苹果树。他在梦中看得真真切切，都可以辨认出所有细节，甚至数得出外壁上横横竖竖的木条。一处如此简朴、如此和睦又如此安详的居所，他立刻就想住在那里，想在那里度过最后的时光，无法抵挡靠近它的愿望。一条小路穿过空地，直通那里。一切都安静得可怕。没有任何生命的迹象。房子好像是废弃的。他走了几步到门口，抬起右手敲门。可是，就在手指要碰到木头的时候，他的梦停止了。

一个人在做梦。

他做的这个梦每晚都回到他的夜里。总是同一个梦。乡村，然后是树林。还有树林深处的空地，空地中央的房子。他朝它走去，每次都在举手敲门的时候醒来。

一个很温馨的梦。和噩梦完全相反。是他厚重的黑暗日子里一片明亮的绿洲。一周又一周，一月又一月。每个新的夜晚，在床上合上眼，他知道在睡梦中，自己的脚步会再次把他带到那扇关闭的门前，他跨不过去的那扇门。睡觉时，他走向同一片幻境，急忙踏上通向房子的小路，觉得也许这次不会错，最终会跨过那道门槛。恐惧向他袭来，他怕自己疯了。要么停止做梦，要么把梦做完。

这个人在做梦。

他有个念头，觉得这栋房子一定真的存在，而不只在他见过的梦境里。一定是一栋他曾经住过又忘记了的房子，对它的记忆在睡梦中才会浮现。他必须找到它，而解决办法就是回到所有曾经住过的地方。他的生活飘忽不定。他重新踏上儿时走过的所有道路。一无所获。他又看见了自己长大的地方。所有记忆都重现了，他想起一些东西——画面、气味、声音、味道——在他心中埋藏如此之深，唤醒它们令他慌乱。但他一直没有找到通向梦中房屋的那条路。

于是，疯狂在蔓延，他有了另一个念头。这座房子一定存在，但可能是在一个他从未去过的国度。当然，这是个荒唐的念头。可梦得有个解释，即便是最不合理的假设，也不能无视它的存在。于是，他先是在国内，然后在全世界游荡。他知道没有一种生命能长到让一个人拥有足够的时间独自去穷尽空间。于是他漫无目的地走着，行走在陌生之地未知的风景里，看到了很少人见过的东西。脚步把他带上通往冒险的小路，去往所有地方，在哪里都不停下来。可是没有一条路前往他梦中的房子。

他的梦不会离开他。

一月又一月，一年又一年。白天，他徒劳地寻找不存在的房子。夜晚，他每次都在梦中找到它。

于是，他放弃了，结束了旅行，回到家里。他开心地陶醉了，终于摆脱了疯狂。可是，虽然酒精麻痹了他，妻子与他同床共枕，工作让他筋疲力尽，一旦睡下，他的梦就会每晚重现。

很多年过去了，一天，在他最终选择隐居的海边小村庄里，他散着步，看到大路上有一条岔路，朝大海相反的方向延伸，直到这时他才注意到小路真的存在。它在一栋栋别墅中间蜿蜒，穿过别墅周围脏兮兮的no man's land^①——体育场、垃圾堆、商业区的停车场——而且，无法理解的是，它通往乡间，在那里，所有城市生活的残留很快就会消失殆尽。

这是春季美好的一天。他走了很久，甚至马路上汽车的嘈杂都歇了。一望无际的田野、草地，他万万没有想到这些。他来到河边，河流弯道绕过一座苍茫的山丘，山丘后面是一片树林。他在林边的树下走着，犹豫着，因为在松树清凉芬芳的影子里有好几条弯曲小径。他遇见了很多东西——一棵身姿婆娑的树，一丛填满洞的蕨类植物，树干上伐木工人有时会留下的红色标记——隐隐约约给他一种熟悉的感觉，他开始并没有注意到，后来，当然认出了梦中的世界。

他清楚地记得那条路，毫不费劲地来到树林边，找到了那片空地。脚步匆匆。好像走在一条看不见的滚动地毯上，地毯把他带到房子的门口。完全一样：茅屋顶，木筋墙，花园，花朵，还有苹果树。

当指节碰到木门，当听到手指发出的声响，当自己没有醒来，他的心悬在胸膛，呼吸停止。他等了很久。什么都没发生。和梦里一样，房子好像是完全废弃的。他随后听到，啪嗒

---

① 英语：无人之地。——译注

165

啪嗒的脚步声在屋子里回荡，起初声音似乎有点闷，然后越来越响，鞋跟敲着地面，沿着走廊前行。

之后，脚步声沉寂了，他听到门锁的声音。门开了，一个女人站在他面前。女人的外貌和他一样普通。他不知该说什么。她看着他，并不惊讶，凝视着他，却没有流露出特别的兴趣。他们面对面站了很久，一句话都没有说。为了打破沉默，为了结束荒唐尴尬的对视，为了解释自己失礼的出现，而不是讲述那疯狂的故事，他随便找了个借口，说起话来。

男人向女人道歉打扰了她，解释说，自己在树林里散步，看到她家的房子，觉得正如心中所愿的那么美，如果可能，想买下它。女人回答说这座房子不卖，而且，即便她想卖，也不能卖给他，无论他出多少价钱。

她说：
"我不能把它卖给你。"
"可是为什么呢，夫人？"
"因为这里闹鬼。"
"什么鬼？"
"那个鬼就是你，先生。"

第三部

第18章　艾弗雷特是永恒的

即便猫顺理成章地成了薛定谔的标志，我们也不能理所应当地将"平行宇宙"的想法归在他名下。尽管这么说或许会让人觉得同样也不能归功于休·艾弗雷特。

准确地说，是休·艾弗雷特三世。因为他毕竟是以这个名号为世人所熟知的。通常，人们称他：the third①。美国人好像有这样一种癖好，他们喜欢给家庭中的男性成员取同样的名字，就如同昔日白宫或是福克纳小说中处理人物姓名的做法那样。当然这仅仅是我的猜想，毕竟我对美国家庭现在的做法知之甚少。由此，为了区分爸爸的爷爷，儿子的爸爸，孙子

---

① 英语："第三"、"三世"。——译注

的儿子，等等，人们需要这个巧妙的对策：将一代代的子孙编号，就好似形单影只的一个人穿越了时间，周而复始地存在。

休·艾弗雷特三世，这样的名字，近似一个头衔，立马让整个人有了皇家范儿。莎士比亚的做法如出一辙：查理三世就是他为格洛斯特公爵打造的又一称呼。查理三世篡夺了英国的王位，又试图以此来换取一匹马，却未能成功。整部剧落下帷幕之前，他喊出了伊阿古的台词：我不是我——I am not what I am。这是个比哈姆雷特的"生存还是毁灭"——To be or not to be——更加让人晕头转向的问题。那时他徘徊于赫尔辛基城墙之内，独自接受着命运的审讯，正如薛定谔盒子里的那只猫，生死未卜，成了永远被推迟审判的囚徒。

因为，"生存还是毁灭"并非问题的关键，至少不是唯一的问题，说到底，不是终极问题，只要按照"叠加原理"的说法，承认任何事物都可以同时是它本身和其反面。当人们开始严肃地思考这个假说——所有的物体同时以这种或者那种形式存在，与时间背离，不断分裂至无限，人们便会问："那我还是那个自己吗？"

休·艾弗雷特三世也理应有属于他的悲剧故事。但很遗憾——我也只是嘴上说说——我不是莎士比亚，不能为他写一出悲剧。或许故事会这样：一个人被一个违背常理的想法征服了，他执念于此。但这个想法是如此荒诞不经，身边的人都认为他是在痴人说梦，最终他放弃了努力，不再试图说服别人。生活在这个秘密之中，它是如此非同小可又闻所未闻，怎能奢望别人相信。一方面，他是完全理性的——他投身于科学时出色的状态就是明证；另一方面，他又是彻底疯狂的——随便是谁只需花几分钟瞧一眼他那宏大的理论就心知肚明。这样一个人物形象真是为皮兰德娄①量身定做的。我从一本最近出版的关于他的传记的字里行间收集资料——这本传记是一个叫贝尔纳的人写的——据我找到的寥寥可数的信息看来，艾弗雷德三世这一生最大的荣誉似乎不是让一个离经叛道的量子力学诞生，而是让一个摇滚明星降临人间。这个摇滚乐手正是休·艾弗雷特三世的儿子。其艺名中"E"读作"一"，他是"Eels"组合的团长，这么一说或许有人就明白了，但对我却是白搭。

艾弗雷德三世的传奇故事是这样的：作为天才儿童，他12岁时就信心满满地给爱因斯坦写了封信，提出一个难以解决的问题，以此来考验爱因斯坦的才智。这件事最出人意料的地方在于，他还真的收到了爱因斯坦的回信。1956年，他在普林斯顿大学答辩了博士论文《没有概率的波动力学》（*Wave*

---

① 皮兰德娄（Luigi Pirandello，1867-1936）：意大利戏剧大师和小说家，主要作品有《是这样，如果你们以为如此》、《并非一件严肃的事情》等，1934年获诺贝尔文学奖。——译注

Mechanics Without Probability），最终以《宇宙波函数理论》
（*The Theory of the Universal Wave Function*）这个题目发表。长
期以来，薛定谔赫赫有名的"波函数"理论被概率纠缠，艾弗
雷特将它从中解放出来，赋予它一个宇宙的广度。这恰好完全
符合这个理论创建者的初衷，但显然不是以他所希望的甚至是
他所能想到的方式。

因为，没有任何资料显示"休·艾弗雷特三世"的理论
得到过薛定谔的回应——虽然资料已提交给他。然而，这个新
博士生研究成果的指导教授，一个叫惠勒的人，对他的结论却
颇感兴趣，不久就踏上了前往哥本哈根——这个在量子物理界
如同麦加般神圣的城市——的朝圣之路。他在那里向人们介绍
弟子的论文，却无功而返。之后不久，艾弗雷特亲自出马，但
结果更为惨淡。尼尔斯·玻尔接待了他，根据当时在场的一个
人回忆，尼尔斯·玻尔把他当作银河系第一大傻子，觉得他连
这个领域最基本的原理都不懂却声称要将之革新。

要我说，他就是"疯了"。但与此同时，艾弗雷特对薛
定谔的波函数理论的诠释却展现出非凡的逻辑性。他的理论陈
述完全避开了所有唯心论的假设，那些假设会让人误以为意志
可以赋予实在以具体的形式。艾弗雷特说：这甚至是一个完全
唯物、"unmystical①"的理论。他完全尊重也只相信方程推导

———————————

① 英语：去神秘化的。——译注

出来的结论。唯一让粒子的叠加态成立的方法反倒在于承认世界很有可能是以叠加的方式存在的，其中同时处于不同状态的粒子被发现了。最荒谬的推论竟是以最理性的假设为前提。艾弗雷特在某种意义上成了薛定谔最忠实的继承者。

由于不被世人理解，艾弗雷特不再宣扬他的理论，金盆洗手，转行了，却也取得了不小的成就。这说明，只要需要，非凡的智慧是可以和彻底的疯狂共存的。他就职于五角大楼，成了最尖端的信息处理和最核心的程序设计专家之一，研究美军核武器使用的最佳方案。他究竟致力于什么？我们并不能找到确定的答案，因为他研究的核心内容被视为最高军事机密："classified①"，就像美国好莱坞电视剧或间谍影片中常说的那样。很有可能的是，他致力于研究在必要时，发动这个毁灭性的灾难，权衡不同抉择的利益得失，准确无误地将导弹发射到目标位置。最终，理性又一次为疯狂服务。但这一次，疯狂来得更为冷酷，甚至阴暗。

到了二十世纪七十年代，他似乎已将之抛诸脑后，而人们却重新开始关注他的平行宇宙理论。从布莱斯·德维特②开

---

① 英语：机密。——译注
② 布莱斯·德维特（Bryce DeWitt, 1923-2004）：美国理论物理学家，他对广义相对论的量子化做出了奠基性的贡献。——译注

始，一些物理学家让他的理论开始受到关注，并得以发表。但那时的艾弗雷特早已被生活消磨，长年酗酒、抽烟。他严重发福，在家中，他就是美国人说的pudge①，矮冬瓜。然而却也很难想象他如此不堪的模样，哪怕是对着他年迈时的照片：肥胖但也没有比例尽失到不忍直视，更别说其他时期的照片了。因为他留给人们的印象主要还停留在年轻时与此截然相反的模样：干瘦、认真、严肃、戴眼镜、发际线很高。尽管如此，他在五十一岁时就离开了人世，夜里心脏病突发猝死。医生说，因为他的身体已经糟糕到不堪一击。

企及了智慧，或者说是荣誉。

因为，他将自己的理论当作了信仰。理论告诉他，他的死只不过是自己不计其数的分身中的一个，这些分身在多重世界的无限空间里共存，一个消逝了，其他依旧活着。死亡变成了相对状态。

博尔赫斯对此的描述和量子力学对待这些现象的方式一样，会让所有人陷入深深的困惑：他说，死亡的证据完全是统计学意义上的，这么一来，谁都可能成为第一个不死的人。在这点上，艾弗雷特走得更远，他赋予博尔赫斯的思想另一种

---

① 英语：矮胖墩。——译注

意义，即死亡是概率事件。在他眼中，任何人都是永恒的，因为每个人都分散在同一实在世界千千万万的变形中，因此，这个世界只能被看成是一个令人难以置信的总和，汇集了这个世界所有可能的存在形式。在这些世界里，人们体验不同的经历，了解不同的命运，在有别于我们日常的环境中演化，有些环境甚至能让我们永远逃离注定终止的命运。因此，在每一瞬间，我们所有散落在无处或者在每处的化身都在不断分裂，无数相似的我在消逝，更有无数的我诞生。

或许，从一位著名的剧作家已经审阅、修订的古老的三段论中，我们可以得出一个新的版本：

所有的猫都是不死的。

艾弗雷特是不死的。

所以艾弗雷特是只猫。

薛定谔之猫。

艾弗雷特极为平静地接受了死亡，安静地消逝在寻常带着醉意的睡眠中，这种淡然只有圣人才能企及，也透露出他对这具躯体极大的蔑视。他的遗言说得很明确，希望将骨灰扔进垃圾桶。过了好多年他的妻子才下决心遵从他的遗愿。后来，他的女儿自杀时在遗书中也表达了同样的心愿。

他们都让自己躯体的灰烬撒在家里的垃圾之中，这样，女儿和父亲便可以在垃圾堆中相见，因为他们坚信，在父亲日思夜想的多重世界之中，有一个，至少总会有一个，在那里，他们必然会相遇。

Meet me in the garbage![1]

我想，应该再也找不到这样一个关于死亡的故事，在这里，崇高以叹为观止的方式与荒诞喜结连理；希望，不，是信仰，对于死后依旧存在的信仰，被表达得如此凄婉动人。这场婚礼，既庄重又荒谬，科学的狂想与不伦的幻想结合在一起，以垃圾为布景，伴随着死亡举行。

艾弗雷特是死后才扬名的。

生前，他对自己的名声应该仅仅只有一个很模糊的认识。一些作家，他们并不比我更懂他的理论，却比我放肆得多，霸占他理论的核心思想，用来为他们匪夷所思的作品提

---

[1]　英语：到垃圾堆里来见我！——译注

供一个让人难以信服的伪科学依据。在他们看来，量子力学所建立的多重世界理论已被公众所接受，并用这样一种原理去无限夸大。他们的重视倒是没错，艾弗雷特在读科幻小说时也能看到这个理论的影子，因而这个理论被作家捕捉到也合乎常理。但他的奇谈并非仅仅在文人圈子里流传，同样也波及了哲学家和很多学者，以至于那些取巧的做法在最为严肃的期刊上也随处可见：借用艾弗雷特的论证方法来探讨那些让人难以接受的结论。

如果说平行宇宙的假说如今得到了学者们的一致认可，那未免有些夸大其词，甚至是大错特错。然而，它也是有自己的拥护者和诽谤者的。话说回来，它至少成了科学圈里一个可接受的论战对象，只是，结论如何，还不能决断。因为在我看来，这样一种构想，尽管有人试图构建，事实上是无法被任何形式的实验否定或者证实的。这样一来，如果我对波普尔"从实验中证伪"的评判标准还算有些了解的话，这个假说足以从科学真理的范畴——尽管这样表达的意思会很奇怪——走向宗教信仰，从很多方面来看，这两个领域没有本质上的区别。

尽管如此，至今没有一本关于量子力学的著作会忘记花上一章来介绍他，或者说至少有一个段落会提到他，哪怕是以嘲讽的方式。面对这个打开的缺口，不少思想家身陷其中，认为那些抱着合情合理的世界观不愿放手的学者，与落后于时代的实在派站在同一阵营，他们紧紧抓住有狭隘的理性主义，无法接受艾弗雷特在概率的布道中宣扬的令人眩晕的"福音"，同样也认为薛定谔、爱因斯坦以及玻尔的研究就像《旧约》一样过时了，或许在不自知的情况下却成了不完美的预言。

那么，试想一下——这是他们的论断——每一瞬间，所有处于飘忽不定的叠加态的基本粒子都会不断分裂，以至于它们同时都获得了通过观察可以得出的各种值。在同一时刻的不同维度中观测，这一时刻不断分离，每一个分支都以一种新的形式呈现出它的样子。这让我们想到，世间的每一个物体，根据函数的偶然性，都随机分散在不同的地方，其中也包括像我们一样有意识的生命，无一例外，不断诞生自己的新版本，这些分身相互间并不认识，每一个都对应一个不同的版本，而只有这些版本的总和才构成一个不可思议的宇宙。在这里，所有可能存在的宇宙都是并行的。这样一个理论，让昔日的哲学家，哪怕是休谟的怀疑主义都显得过于谨小慎微。人们坚信自己活在一个稳定的宇宙中心，事物的存在都合乎情理，一种原因总会导致相应的结果，相对的一致性支配着我们的世界，每个人可以持续拥有自己稳定不变的身份。这样的想法，现在看来不过是个悲哀且幼稚的幻想。

然而，另一种观点强加给了这个世界。它让世界摆脱了理性的控制，失去了常识的保护，让所有的胡言乱语变得合情合理，让所有古老的幻想变得有理有据。于是，人们把艾弗雷特理论下的平行宇宙等同于人类长久以来日思夜想的虚幻世界，认为每个意识的主体都能在他们无法进入的不同层次的时空进行交流，就像在一个简易的阴间，心灵感应、通灵术、穿越时空在这里都变成可能。由此，一系列的文学作品涌现，庆祝最玄妙的科学——艾弗雷特以及其追随者版本的量子力学理论——与最虚无的知识相结合。这些学问通常被表达得暧昧不清，却自诩是从东方哲学中汲取的古老智慧，试图以此来弥补它不言而喻的单薄。因为它可以不用再以陈旧坑人的迷信为源源不断的资本，所有一切都被冠冕堂皇地置于"新时代"的光环之下，人类在几个可怜的精神领袖的指引下，或许正在进入这个时代。

这都是些相似的取巧手段，他们通过量子力学的奇谈来谋取财富，而薛定谔当初提出这个设想是为了证实量子世界的荒谬。薛定谔的猫已经成了一种图腾般的存在，它端坐在盒子里，守着通往平行宇宙的门口，指着虚幻的隧道。

我已经多次提到，我们当然不能将"妄想之父"的身份授予波函数的创始人，相反，连最最初级的谵语他都打算与之斗争到底。而且，他也无法预测，在他之后这些谵妄会发展到何种极致。他认定，在这世上没有一个正常的大脑能接受一只猫既是死的又是活的这个想法。

我说过，据我所知，薛定谔从未对艾弗雷特的博士论文发表过任何评论，但他在生命的弥留之际应该看过他的论文。只是一切来得太快。

因为，若我们切换成艾弗雷特的思维模式，就必然会想，在千千万万的宇宙中，两位智者至少能在其中一个宇宙中相遇，一起讨论将波函数从概率中解放出来的最佳方法，赋予它真正的价值。在一个宇宙中，艾弗雷特向薛定谔证明自己的主张是正确的。相反，在另一个宇宙，是薛定谔让艾弗雷特相信艾弗雷特的理论是错误的，不过他们之间的交流，既然发生了，就证明艾弗雷特是正确的。

带着所有你想为这个故事编的不同版本。

并以此类推。

第19章　胡子的形而上学

　　我越来越多地阅读关于猫的书，这让我从量子力学的世界和各执一词的阐释中解脱出来，得到片刻安宁。那些创建理论的学者们的传奇，还有那些理论所延伸的探索，真真假假，让人半信半疑。置身其中，我有种云里雾里的感觉，觉得了解越多反而理解越少。薛定谔的著作、艾弗雷特的传记和那些并非浅显易懂的科普读物堆满了书桌，我把它们扔在一边，又把图书馆里载有能完善我有关猫的现象学的文章的书都搬了回来。我想，这只猫是赞成我这么做的。它跑到我膝盖上躺下，打着呼，想让我抚摸它；随后又趴在我翻开的书上，让我读不下去，我只好作罢，抬起头，任自己坐在那儿发呆。

尚弗勒里①，这位如今被世人遗忘的作家，曾是福楼拜时代第一位浪漫现实主义的理论家。他专门为猫写过书，他的出版商把这本书列为写猫的文学经典之作，这本书中提到了一件稀奇的事儿。

和其他很多奇奇怪怪的事情一样，它发生在中国。他说，据传教士在那里收集的资料，人们不把猫肉当作美味佳肴，不会将它端上餐桌，却把它们当作移动的时钟，变相的手表。更准确地说，应该是便携式日晷。因为它们的瞳孔会根据日照收缩或是放大，当正午烈日当头时，便缩成一条细缝儿，当旭日东升或是日影西斜时，又变回圆形。只要有点儿常识，人们便可以根据它眼珠中间瞳孔的形状推断时间。

波德莱尔和尚弗勒里有相同的解读。关于尚弗勒里讲到的这个中国趣事是因一首散文诗而为大家所知的，波德莱尔之前也花了好几年的工夫钻研，后来就自以为也能在那只被他称作"猫科动物"的宠物眼中读懂时间。"这是一种辽阔、庄严、伟大的时间，就如宇宙一般，没有一分一秒的划分；这是一种静止时间，不被标刻在时钟上，轻若一声叹息，快若眨眼的瞬间。"

---

① 尚弗勒里（Champleury，1821–1889）：法国作家、记者、艺术评论家、戏剧家，是雨果和福楼拜的好友，猫和釉陶的专家，《猫：故事、习俗、观察、逸事》（1869）一书曾轰动一时，他也是现实主义理论的先驱和捍卫者。——译注

无论在一天中什么时候，钟面总是这样回答向它提问的人："是的，我知道几点了。现在是永远！"

猫的眼睛能告知时间，而猫本身就是一台能计时的机器。不过，这个时间只是马不停蹄地自转，除了一次又一次无休止地从头再来，不通往任何地方。就像一个停了的钟，却总是很准，因为它唯一的指针永远对着此时此刻。

"你觉得它记得些什么吗？"
"或许隐约记得吧！"
"记得些什么呢？"
"至少能很清楚地记得通往这里的路和这个带平台的花园，从它的食盆到它的篮子再到床，它都应该记得吧。"
"那肯定。"
"所以关于这些东西，在它的小脑瓜里面应该有很清晰的画面。"
"是的，但对于其他东西呢？别处的，以前的东西？"
"应该也一样吧，"他回想着，"但是它记得些什么，怎样记得，又是以什么形式记得呢？……"
"或许对它而言，就和时间每天周而复始一样吧！"
"每一天，对它而言都是第一天……"
"是天堂。"

一天傍晚，日影斜长。它在草坪里睡觉，四仰八叉地躺着。为了验证中国人说的是不是真的，也为了实地验证后能在我这篇文章的开头部分加上一个新的原理，我趴在它身边。但观察一只猫的眼睛并非那么容易。就像是在黑夜里逮一只黑猫，尤其是如果根本就没有猫。一道绿光一闪而过，根本来不及看清它的瞳孔在光线变弱时变成什么形状。它拱起腰，缩成一团又伸展开来，走了几步，来到另一个它常待的地方：胡桃树枝干分杈那个凹进去的窝里。

夏日最后的那几天。也就是它"第一次"出现在我生活中的一年后。更准确地说，是这样的一年：刚开始它忽隐忽现，难以捕捉，勾起了我的兴趣，让我想要多注意注意；后来在漆黑的夜里，在花园深处的角落，出现了一团像猫一样的东西，让人觉得应该是个活物。

应该是一年前的事。因此，我把这一年称作：猫年。这刚好与中国的农历有些相似。如果不把它出现的种种迹象作为这一年开始而把它去年冬天"第一次"出现的那个夜晚作为起点的话，那就更加吻合了。

在中国的传统中，猫温文尔雅、彬彬有礼、高贵精致又悠然自得，它不喜热闹，更爱独处。被我称作猫年的这一年是在阴历的虎年和龙年之间。我想，这就是为什么它意味着世间各种喧嚣和愤怒稍事安静、所有动荡和折磨都稍事消停的一段时间。

但我查了下古老的百科全书，在中国的传统中，并没有猫年，只有兔年。我把这两种动物弄混了，就像狡猾的饭店老板将炖猫肉说成是炖兔肉端给顾客。被越南人叫作"猫"的动物其实是中国人所说的"兔"。

一个传说——还是一个中国的传说——讲道：老鼠奉诸神——或者说是那里的老天爷——之命，召集十二种配当生肖的动物，但它故意遗漏了猫，让猫气愤不已。从此——当然这仅仅只是我的猜想——猫便不屑于同天宫经官方认证的动物往来，只是偶尔路过的时候才去看望一下它们，带着它独有的高傲，好像在说，它们的时间和它不同，它可以无拘无束，想来就来，想走就走。

它走在草上，草在它身下。它的尾巴在空中摇来摇去，就像过去教小孩子弹钢琴时用的节拍器一样，打着拍子；也像一个古老的钟摆，瞳孔是钟面。正如现在，它躺在树上，尾巴悬在空中，为每一秒、每一分、每一小时有节奏地计时。但没有任何人——不管尚弗勒里笔下的中国人会怎么看——可以从对它的观察中得到像时钟指出的时间那般精确的信息。

波德莱尔说得挺有道理："一个静止的时间。"

没有猫年。每一年便都是它的。时间与它一起伸懒腰，同时向四周伸展。无边无际，像一个个世纪过去，永无穷尽；稍纵即逝，像孤零零的一秒，与世隔绝。一个针尖，一个瞬间的顶点，时间立于之上，天体围之运转。通过这些天体，时间倒流，卷起它一圈又一圈周而复始的轨迹，渐渐吞没无形虚幻的未来，将之化为一缕青烟，一个已逝或正在逃逸的幽魂。

它用什么来填补生命中的空虚？游手好闲，就是这样。与其他动物不同，它不会为觅食、捕猎、挖穴、筑巢忙得不可开交。也不用白天不停地啃草来塞满肚子，补充日常所需的热量。更不会像人类一样，成天瞎忙活，以东奔西跑聊以自慰。猫可以无所事事，却给人它肩负神秘使命，需要它聚精会神、全力以赴的印象。

"你觉得它在想什么？"
"不知道。"
"你觉得它会无聊吗？"
"不会吧。"
"你能体会吗？"
"体会什么？"

"从不感到无聊。"

它看不到时间的流逝。或者，恰恰相反，它看着时间流逝，仅此而已：躺着一动不动，或在角落蜷成一个球，睁着眼睛，对着空气发呆。时间从它身上轻轻掠过。每个时间碎片从中间裂开，露出悬崖，照亮了一场永不结束的表演，即便是永恒也不足以填满它的双眸。

另一个中国传说是这样的：人类被逐出天堂去赎罪，为了挫其锐气，天神们将他们置于时间和苦难的伴随之中。记忆，无时无刻不在提醒着他们过去早已一去不复返；幻想，又看不到希望，令人焦虑不安，因为对于未来，他们一无所知；而现在，则是日复一日的折磨，背负着难以忍受的无聊。在这些残忍的磨炼之外，一些天神还想给人类一个伙伴，它摆脱了时间，悠然自得，而人类却失去了这份平静，永世不得安宁。然而，另一些天神，宽厚仁慈，提出要减轻人类的痛苦，在他们身边安置一种生命，它可以让人类永远记得曾经拥有的幸福。他们争论不休，因为两边势均力敌。后来，天神们各退一步，达成了一致：创造一种生物，在它身上人们看到的可以是现在的没落，也可以是过去的美好。由此，他们让猫降临于世。

"这是一个中国传说吗？"
"当然了！我刚刚才编的。"

那么，若要问它来自哪里，不如问它是从何时而来。它与我们分享同一个空间，却开始于不同的时间。与我们身处其中不断演变的时间有着极其细微的差别，它的时间以另一种频率振动。它每天感知的世界于我们而言是那样陌生，这种差异很好地解释了它与我们的不同步调，所以，它在这里，看上去却仿佛在别处。

"据说它们记地方比记人清楚。"

"因为地方不会动，而且不变样。人却不停地在变，不停地在动。它们更忠于自己的家，而不是它们的主人。"

"你的意思是它把我们当成家具了。"

"也有可能是把我们看作无害的幽灵，在它的住所飘来飘去。"

"要我说，是看作神灵吧！它对于我们的存在半信半疑，就像我们不确定神灵是否存在一样。"

"坚不可摧并且幸福安乐……"

"一些遥不可及的生灵，还算仁慈……"

"还算仁慈！它不反过来想就不错了！你看它来这里吃、来这里住那副理所当然的样子。"

"……但它应该也会害怕……"

"是吗？"

"即便我们只是个头比它大，能让丸子和肉酱从天而降。"

"所以还是用些小小的感恩祷告来讨好我们这些神灵为好，反正这些礼节又不费什么力气。"

"比如在我们大腿上蹭来蹭去？或者躺在我们膝盖上打呼？"

"对，诸如此类。"

所以，按常理来讲，应该只有一个宇宙。但理解它的方式是如此纷繁复杂，拥有不同的五感就会有不同的意识，因此，有多少种不同的意识来思考这个宇宙，宇宙在脑中就会分裂成多少种不同的画面。每一个物种都有一个宇宙，使用类似的感官工具去全方位、多维度地探索远方、触摸极限；因此，它们看见的、听到的、闻到的或是触碰到的一切都有所不同，产生不同的认知。这些认知在每个物种的周围形成一个透明的泡泡，它封闭在自己的泡泡中，和它所以为的世界混为一谈。结果就是，它们分享着同一个空间，却生活在如此多元的时间里，不用为了证实多重世界之假说而挖空心思去琢磨一个更为复杂的理论。

有人说，如果我们把它们的胡子剪掉，它们立马就会失去方向感，就像如果我们的眼珠被挖掉一样。如果我们进化成和它们一样，在嘴唇上长几根有触觉的长毛，以此来辨别方向的话，我们对于世界的想法或许从此就截然不同了。真正的思想革命也会随之而来。之前随着人类思想的发展而建立起来的绝对新颖的体系，或许到那时看来也不过如此，仅仅是由完全建立在非常片面的世界观之上的思维进行的再普通不过的地域性调整。

我有时会想，那些猫咪中的哲学家们一定不会错过的"胡子的形而上学"会是什么样子。

"或许，恰恰相反。"
"相反？"
"它们才是神明，来我们这儿做客。"
"伪装成多少有些着家的宠物。"
"前来接受我们理应献给他们的贡品。"
"像献祭一样。"
"每家放的食盆和篮子就是我们为它们搭建的祭台。"
"它们屈尊纡贵来到我们为它们准备的圣地就算给我们面子了。"

安德烈·布勒东曾经说过："人或许不是世界的中心，不是宇宙的'焦点'。"——或者是差不离的意思——"焦点"这个词用得真好。这提醒我们，我们自认为独占了世界，其实不然，看不见的生物和我们一起共享，他把它们称作巨大的透明物。它们对我们的命运漠不关心，对我们的存在也知之甚少。它们的感官系统与我们的截然不同，以至于我们共同生活在这世上，却并没意识到彼此的存在。

我把它们想象成飘浮在空中的水母，硕大无比，若隐若现。其实猫也很适合这个形象，它们才是"巨大的透明物"。此外，布勒东特别引用了威廉·詹姆斯的一个比喻："有谁知道，在大自然中，我们是否真的拥有这一块小小的地盘？这里也有生活在家里、在我们身边、被我们忽视的猫猫狗狗。"只是，这位美国哲学家似乎没有本能地意识到这个由各种物种构成的世界还可以反过来看，在我们占据的这块小小地盘上，以猫看待世界的方式，我们很可能是它们眼中的附属品，是它们的宠物。

谁是这些"巨大的透明物"？一个叫玛丽·杜克洛的人——布勒东曾借用过她的理论——毫不犹豫地暗示：这些生命就在我们眼皮底下穿梭在各种现象之间，我们却对此毫不知情。这些"高级兄弟"，很可能是"我们的亡灵"，杜克洛如是说。布勒东虽然喜欢"天马行空"地臆造，却还没离谱到追随她的思想的程度。

他显然是明智的。

第20章 作为可能的可能之可能性

当我们不再去思考为什么是有而不是无，另一个同样令人无解的问题随之袭上心头：为什么事物是这样，而不是那样？

出于怎样的偶然或必然一样东西能存在，而并非另一样或许也能安存于世的东西？从亚里士多德和他还没长胡子的形而上学开始，哲学就将事物分为潜在的事物和真实的事物。质料本身没有形状，形式以它的方式去塑造质料，使质料最终以某种形式存在。如果有人感兴趣的话，这用高深的话说就是"现实性"（Enthéléchie）。用现在通俗的话来讲，当质料被形式赋予了形状，隐藏在潜在事物中的所有可能性中的一个，只需一个，走出虚无，来到实在世界，这样潜在的就变成了真实的。当然，前提是我对此的理解是正确的，因为不管怎样，对于我而言，理解亚里士多德的形而上学并不比理解量子物理轻松多少。

举一个古老的例子：一块未成形的大理石，它潜在地可以被一个雕刻者打造成任何形状的雕塑。当它经锤子和凿子雕琢后，就以这样或那样唯一的形式——或许是一位希腊艺术家脑海中奥林匹斯山上诸神中特定的一位的样子——真实地存在。总之，这块大理石就很像薛定谔用来放猫的那个盒子，实在的所有叠加状态同时隐匿其中，直到有人来打磨这块石头，或是揭开这个盒子的盖子，观察其内部，才留下唯一一个状态。

世界如此存在也不过是因为一场灾难。用学者的话来说就是："波包"坍缩。创造在本质上就是一场破坏。只有当所有悬浮在空中的可能性都凝聚在唯一一个表象周围，并最终凝固成这个形式，创造才得以完成。当然，量子力学中所设想的某个粒子的所有叠加状态和那些潜在的并不一样，而是更近于实在。潜在的可能过于简单，它们的状态是真实的，这才有点儿意思。但"退相干"这个特别合理的假说却用呓语般的语言较好地诠释出来："所有的可能性"原本相互纠缠，错综复杂。它们分裂后，"相干性"随之崩溃，由此在所有可能发生的形式中获得了唯一一个形式。就像一场坍塌：从潜在的无限跌入实在的有限。世界就像摆在人的意识面前残存的碎屑。

而且实在哀悼所有的可能性，因为它的存在是基于其他可能性的牺牲为前提的。

年轻的乔伊斯对这些都已了如指掌。他不需要有超前的想法，以便让自己和年迈的薛定谔在都柏林这座他俩都曾生活过的城市神交——不过小说家离开好几十年后，这位学者才来在这里定居，而且很快乔伊斯就去世了。而且他也和薛定谔一样，没必要和艾弗雷特在这个或那个平行宇宙相见，去领教后者荒诞玄奥的理论。不必，他只要漫不经心地读一读亚里士多德，让自己小说中的人物和他一起，对生活中不为人知的东西胡言乱语一番就足够了。

《尤利西斯》中写道："在这儿，他思索着之前并不存在的事情：如果恺撒相信了预言家的话，他便能成功，原本可以如此：作为可能的可能之可能性……"

想象用一个事物去代替另一个事物，这就等于已经投身到一场思想历险中了。科学只存在于在每个会幻想的灵魂深处。因此，功劳并不属于艾弗雷特或随便哪个发现了平行宇宙的学者、物理学家或是天文学家，因为在他们之前，平行宇宙这个想法已经有过千千万万，他们不过是用新理论将它包装一下，并在事后为证实这一思想提出了自己的方程。其实这一思想源远流长。本应存在的是什么？当思想试图解开这个谜时，它就存在了；偶然——或是他自己——如果做了这样的决定，那他的生活就会有不一样的经历，无论谁开始思考这个问题时，就可以窥见平行宇宙的端倪了。

我们来看看那些声称赋予了平行宇宙这一思想以实质内容的各种理论。

一些理论建立在纯粹的思辨上，它们提出真的实在可能是一个精神世界，物质世界仅仅是我们的五官感受折射的投影。因此，应该认为：这个世界是与严密的数学结构一致的，这个结构是能被所有的思想所接受的，而每个事物的存在又是与这个世界相符的。由此，理论上所有可能的都是存在的，哪怕我们没有掌握任何证据，找不到任何迹象。我再来解释下：如果说存在即合理——正如某位人尽皆知的哲学家所言，那么还得再加一句：合理即存在。理应是这样的，至少，以某种方式，在某个地方。

我们就承认吧！

尽管，从我的角度来说，我不太倾向于迷信数学，认为它注定是这个世界的一面镜子。而且我很本能地抗拒实在是合理的这种想法，况且正好相反，它用那么多证据和例子告诉我们它的特点是随机、任意和混乱。

至于另一些理论，它们则以更为具体的（如果我们可以这样说）假设为依据。这些假设涉及宇宙，看重的是对宇宙的实际观测。

据天文学家说，通过其中一个观测看到了天体的运动，它们飞快地分离，这让人们越发相信，宇宙远不是固定的，而是在持续扩张，不断膨胀。由此我们应该想到，就像有人提出的那样，宇宙并不仅仅是一次爆炸的产物，而是由接二连三一系列大爆炸产生的。每次爆炸后就形成一个新的宇宙，挨着其他原有的宇宙，就像一个泡泡置身于一团泡沫当中，这团泡沫不断地变化，同时向四处散开。"多重宇宙"由此成了惯用的说法，"多重宇宙"中的每一个都有自己独特的法则，随机决定了它们的实在。而只有这些成千上万的宇宙的总和才可以被称作为宇宙。或者不如说，"元宇宙"。

但事实上，根据不得不提到的奥卡姆剃刀原理——简单即有效——理论只需建立在一个假设之上，这样就能被任何人理解，而不用经过任何数学证明。尽管那样的假设让人觉得很晕。

哪种假设？

答案是：宇宙是无限的，充盈它的质料本身也是无限的。这与众多学者设想的一样，也和空想家们仰望繁星点点的夜空时，脑海中不由自主浮现出来的画面一样。若果真如此，若我们承认这个假说所带来的后果，那么就应当得出这样的结论：事实上，所有能想到的粒子组合在宇宙的这个或那个空间中都存在——哪怕离我们很远很远，我们不能踏上那片土地，甚至接收不到来自那儿的任何形式的证据。

"所有的组合"，意味着任何事物都存在于某个地方，也就意味着必然存在无数与地球相似的星球，其中一些和地球毫无二致。在那些星球上，正如我们所经历的一样，有无数的生命形态。因此，地球上所有的人和事在这些星球上都有它的对等物，不计其数，如出一辙，或者，与这些人和事多少有些出入。再援用亚里士多德式的说法就是，潜在的事物同样也是真实的事物。

所有存在过的、可能存在的、理应存在的，都存在。

因为，从定义上看，无尽的宇宙，就包含了一切。

显而易见。

无限足以——如果我们可以这样说——让多重宇宙的观点深入人心。因为，提出宇宙是满的、无限的，就会让人接受生活中所有的可能事实上都是存在的。既然它的可能性不为0，哪怕只有0.01，那么每一种排列都存在于宇宙的这里或那里——这些排列是构成质料的元素的置换。既然宇宙是无限的，那么它也就不断地给出又耗尽这些排列的所有组合。

由此，即便科学界日思夜想的多重宇宙是建立在种种不同且完全独立的假说之上的（宇宙的无限之于天文学家就如同叠加原理之于物理学家），它们最终得出的结果却惊人地相似。

就像海里的两滴水。

尽管在人们看来，我们可以通过感官触及前一种多重宇宙（所以它们更容易被描述），其中有星球和星系，通常被我们称为"太空"；而后一种多重宇宙则在另一个地方——甚至我自己都不太确定"地方"这个词用得是否恰当——希尔伯特的矢量空间展开，它以数学的方式建构，以体现微观世界的波动。

由于这两种空间我们都无法进入，结果会是怎样，我想，都无关紧要。

无限这一假说在虚拟和真实之间建立起一种平等的关系，长久以来，试着将它演变成一种思想体系的不乏其人。就像有人提议让一只黑猩猩坐在打字机前，留给它无限的时间，终有一日，他会写出《伊利亚特》和《奥德赛》。当然，还有荷马史诗的各种增订本：前传、后传和外传。这只类人的黑猩猩只是因为活得不够久而不能创作出这些作品：阿喀琉斯童年的故事，甚至身边还没有女人的那段时光。在这个版本的故事中，海伦还忠于墨涅拉俄斯，特洛伊战争还没有打响。席卷大地的还是另一场战争，特洛伊人战胜了希腊人，尤利西斯刚结束征途，回到伊塔卡岛。依次类推。由于这只黑猩猩拥有的时间是取之不尽的，它便可能随便敲敲键盘，歪打正着地写下了这些人类的语言能创作出来的故事，穷尽不可穷尽的意义的蕴藏。就像26个字母随机地排列成单词被打在纸上一样，理所当然地，所有的基本粒子也可以组合成黑暗中无尽的太空，让它真实地存在。

这是博尔赫斯的著名寓言。他顺带指出人们甚至可以避开无限之假说，只要用一些很大的数字就可以得出同样的结果。试想如果将一本书中单词的字母随机排列组合，重组而成的符号之数量等同于原书中的字数（每页字符数相等，每本书的页码也相等），那么由此印出的书会是怎样？再将这些书陈列在一个图书馆内——也就是博尔赫斯笔下的"巴别塔图书馆"。通过高中学过的一个数学公式——虽然我早就不记得这个公式了——我们可以轻而易举地计算出这个图书馆的藏书量。无论它怎样宽敞，其藏书量依旧是有限的。通过这个方法我们随之得到的是成千上万、不计其数没有意义的符号，和偶尔零零散散的几个像模像样的单词、句子或篇章。当然了，还有所有的手抄本——如果援用以前的说法——必定会陈列在上面提到过的书店的书架上，这种说法就更为久远了。

还有那些已有的、将有的或该有的书；那些被世间所有图书馆收藏，或是在亚历山大图书馆化为灰烬的书；那些在古代文化中缺席、如今重见天日，或是索福克勒斯、莎士比亚或是拉辛还没创作出来的悲剧；那些教材，它们说恺撒如果听信了占卜师的话，免于刺客的攻击，那么胜利就应该属于迦太基人而不是罗马人，属于拿破仑而不是威灵顿，就会是另一个从未存在过的文明，诞生、鼎盛、没落、灭亡；还有那些论据充足的哲学论文和它的悖论；那些既是论证又是反驳的概论；那些至少从表面上看，不分高下的上帝存在和不存在的证据。还有每个生命完整的故事，以及你的故事，属于你生命的故事，每一个不起眼的细节都被记录在案，直到你被宣告死亡的那一刻。但无论是谁的传记，都会有各种捏造的版本——当然，真实的也存在其中。这些传记真真假假，难以甄别。它们都那样合情合理，却完全不相容，就像薛定谔波函数中粒子叠加的状态一样。当然，这是博尔赫斯笔下的这只猩猩得出的结论。在以上这堆多半都不堪卒读的文字中，可能就有它正在写的文字。抑或是此时此刻我电脑屏幕上显示的这些文字。

我想，博尔赫斯不是在引用莱布尼茨①的话，但应该对他有所了解。两人的想法是如此相似，若说前者从后者身上得到启发而没有明说，这也不是不可能。不管怎么说，博尔赫斯的思想确实是从莱布尼茨最为震撼人心的阐释中发展而来。但二者之间还是有本质上的差别，所以不能将莱布尼茨称为"平行宇宙"之父。

在《神义论》的第三部分，莱布尼茨讲了一个类似寓言的故事。在我这间古老的书房还有哪个布满灰尘、无人问津的角落是我家的猫没有领我去过的！为了省事，他没有让故事发生在中国，而是发生在古罗马。这则寓言说：塞克斯图斯·塔克文将成为传说中城邦的最后一位国王。他想知道自己的未来，便求阿波罗的神谕。神告诉他，和拉丁史书上的记载一样，他将成为一个不值一提、骄奢淫逸的国王，最后还背叛了国家，简言之，就是个十足的混蛋。年轻人不满这样的命运，想进行抗争，并巧妙地让神意识到是神诱导他犯下罪行，因为神向他预示了这样一个不可逆转的将来——因为预言必定成真——那些恶行以前他从未想过要去犯，连这样的念头

---

① 莱布尼茨（Gottfried Wilhelm Leibniz，1646-1716）：德国哲学家、数学家，1714年提出莱布尼茨三角形，即一种将分数以等腰三角形排列的一种排列方式。——译注

都没有动过；是神给这个年轻人选定了一条通往堕落的路，让他无暇逃脱。对此，阿波罗回答说，他只能预见未来，并没有设定未来。他让塞克斯图斯去找由他的上级掌管的申诉司。这个未来的国王便前往主神朱庇特所在的多多纳，献上无数奇珍异宝作为贡品，想让主神回心转意，为他改写命运。当然，他无功而返。不难想象，塞克斯图斯从此生无可恋，放任自流。最后，预言就真的实现了。

一名叫泰奥多尔的男子见证了这一幕，他是一个负责仪式的教士。莱布尼茨继续说他的故事：泰奥多尔对朱庇特的所作所为有些困惑，认为他为塞克斯图斯安排的命运是不公平的。为了让他明白，主神建议他去拜访自己住在希腊的女儿——智慧女神帕拉斯。泰奥多尔便照做了。当他在梦中到达目的地，发现自己脚下是一个陌生、美妙的国度，这里有他想要的答案。帕拉斯用一根金橄榄枝轻轻触了一下他的脸，为他打开了"命运殿堂"的大门。女神说，这里不仅藏着会发生的故事，还有一切可能发生的事情，这样朱庇特主神就可以查阅宇宙所有可能的样子，并从中挑选出他喜欢的。殿堂的每一个房间藏有一个故事和某人的一生，这个故事是在人类历史上已发生、会发生或可能发生的众多故事的众多版本中的一个。因此，每一间屋子就像一本书，"命运之书"；而整个殿堂就和博尔赫斯巨大的图书馆一样，在这里，可以找到讲述这个世界的故事的书。大殿以金字塔为外形，那些被神否决的不祥的预言被藏在最底部，构成整个金

字塔的座基。越往上越接近处于塔尖的房间，那里收藏着诸
神想要的独一无二的世界，只有一个。因为它是所有世界中
完美无缺的。

为了让泰奥多尔相信、不再动摇，帕拉斯提议，参观藏
有塞克斯图斯悲惨命运的房间。他们走进其中一个有他真实经
历的房间。泰奥多尔看到了自己也在场的那个情景：塞克斯图
斯先后接收到阿波罗和朱庇特的神示对他的宣判。然而，女神
也向他展示了其他很多房间：别样的世界，不同的命运。在这
些命运中，塞克斯图斯是品德高尚、幸福美满的，成了受人尊
敬的圣人而不是遭人唾弃的混蛋。如果朱庇特为这个年轻人
选择如此狼狈不堪的悲惨命运，那是出于伟大的智慧和绝对
的公平，他是希望可以经由他引出对人类有益的、必不可少
的大业。有了塞克斯图斯的罪行——比如强暴鲁克丽丝①——
罗马的辉煌才成为可能。这就"felix culpa"，即"幸运的堕
落"。同理，亚当的原罪和犹大的背叛对于拯救世界也是必不

①　传说王子塞克斯图斯·塔克文和几个贵族朋友一起喝酒，为谁的妻
　　子品行最好最美争执不休。其中一位贵族柯拉汀提议大家骑马回去
　　看看妻子们都在做什么再下定论。结果发现塞克斯图斯的妻子在和
　　朋友们饮酒作乐，而柯拉汀的妻子鲁克丽丝却在织布机前为丈夫织
　　衣服。塞克斯图斯心生妒意又垂涎鲁克丽丝的美色，几天后威逼强
　　奸了鲁克丽丝。这时候，鲁克丽丝找来父亲、丈夫及家人，在告诉
　　他们所发生的一切后，把事先准备好的匕首插进了自己的心脏。无
　　比悲愤的亲友号召罗马贵族和民众起义，推翻了暴君的专制统治，
　　罗马的王政时代终结，迎来了共和时代。——译注

可少的。

证明完毕。

我知道，故事有点长，但我想，还算有趣吧，至少，有教育意义，我们总能从中学到些什么吧！不管怎么说，我学到了，哪怕故事的结局是在所有读者的意料之中。人们多少都能从中看出莱布尼茨的主张。它也算久负盛名了，因为有人在另一个故事中对它进行诋毁，而这个人的大名更是如雷贯耳。在法国，应该远远不止一个小学生是通过这个故事了解到莱布尼茨的哲学思想的。这便是伏尔泰和他的《老实人》。在那个故事中，伏尔泰对潘葛罗斯大肆嘲笑了一番，而潘葛罗斯推崇的正是莱布尼茨的主张，莱布尼茨认为，所有这一切都是为可能的世界中最好的那一个服务的。在书中，伏尔泰还带着充满嘲弄意味的困惑，来思考这个对手的神正论：莱布尼茨研究世界的每一种可能仅仅是为了将这些可能排除。他坚信只有存在了的才应该存在。他并不否认坏的存在，然而它们是为了更好的存在而存在的。所以，创世的秩序终究是无懈可击的。对此，伏尔泰心存怀疑，他认为，像死亡、苦难和战争，更别提里斯本可怕的大地震那样的自然灾害，很难把它们都看成是人类应该承受的暂时的磨炼，并因此感谢上帝，因为那是上帝为了人类的福祉而设置的必不可少的经历。

当然，我并不是说莱布尼茨创建了平行宇宙。他只是编了一个著名的寓言，描绘了一幅摄人心魄的图景。但他在自己塑造的虚构故事的结果面前立刻又退步不前。首先，他设想的平行世界仅仅是由神的意旨创造出的种种可能，带有魔幻的色彩，而人类只有在梦中才能来到象征平行世界的"命运殿堂"。其次，也是更为重要的一点，他的平行世界是个巨大的金字塔，在其中，世上每个人都分得一亩三分地；但只有在塔尖的才会真实存在，也就是说，他的平行世界建立在一个等级森严的原则之上。

然而，真正令人头晕眼花的是真实世界中的眼花缭乱。与莱布尼茨所言相反，只有当生活所有的版本都在实在世界——或是非实在世界——中占有一席之地，而不经任何神意的安排，才是真正扑朔迷离的实在：纷繁复杂的形态和所有的可能在空际旋转，宇宙以魔鬼般的速度繁衍，排列得莫名其妙；没有任何人可以掌控它们毫无章法、不将世界带向任何地方的运动。

广袤得就像无限的宇宙。

但一个盒子也能装得下。

第21章　要耕种我们的花园

"耕种自己的花园"是赣第德①的心得体会：为了更好地生活，我们要脚踏实地、不懈努力，尽量减少痛苦和折磨，不去赞同那些为世界不公的秩序辩护的高深理论，并千方百计看到和谐的表象下所掩盖的最为混乱的景象。

这并非什么金玉良言，却也能算作一种普世的智慧。

人们最终都会这么想，不是吗？

能这么想，不是更好？

---

① 伏尔泰的讽刺小说《老实人》（1759）中的主人公。——译注

因为，如果我们接受莱布尼茨和他追随者们的神正论，那就必须承认，恶及其最极端的表现对按照上天的旨意造就的世界是必不可少的；这样，在上帝放置在金字塔顶端的那个光辉灿烂的房间里，人类历史上不计其数的灾难也在其中占有一席之地——从里斯本大地震到离我们更近的发生在奥斯维辛和广岛的惨绝人寰的暴行，以及所有程度有别的同一类恶行。由此，回顾"命运殿堂"中所有的房间，朱庇特——或随你取个什么名字——认定一切如此这般是正确的，认为这种种磨难对于他头脑中那个伟大的计划而言是必不可少的。他洋洋得意，看着自己的作品，心里想，真不错，比不错还要好："可能的世界中最好的一个"。

与其这么说，我想，有时候最好还是管住舌头，把想说的话藏在肚子里。只是有时候？是任何时候！俗话说得好：开口是银，沉默是金。因为，保持沉默通常就是唯一的智慧。除非万不得已，不要对事物评头论足。此外，要懂得中庸之道，智者往往深谙此道。至少，他们当中最睿智、最谨慎的人是这样的。

耕种我的花园？

当然，计划是这样。

尽管，在沙土上，几乎一无所有。所以，比起除草、翻土、锄地，更为现实的是躺在仰椅上看松树生长，看一旁的金雀花和丁香凋零。在这个夏末，胡桃树在杂草丛中长出几片叶子，已结新果，草丛中金色的雏菊已开始暗淡。

在这里，有时我会觉得从此再也不用做任何事情。就像隐退了一样。很可笑的字眼，但确实如此。就像一支撤退的军队。也就是说，停止了敌对状态，在败北后离开。撤退的军令，与作战准备相反，它神秘无主，一声令下，一切就都停止了。静修代替了工作。就像在隐修院内，在漫无目的的冥想时光之间，来到石墙的阴影下，享受内院的阳光，欣赏喷泉边的繁花。

昔日带有一片草坪和一方菜园的小屋，是炼狱吗？百无聊赖，心灰意冷？不是的，为何要对虚无感到绝望？不如说是天堂，充满希望，终于有机会和世间所有微不足道的事物取得和解。在无尽的闲暇中无所事事，并不必对此感到脸红。

这是芸芸众生的生活。

幸福的众生。

"但是薛定谔先生，您平时都做些什么呢？"

"什么都不做。"

"世上少了您的才华，不觉得可惜吗？"

"别拿我寻开心了！"

"我可是很认真的。"

"通常，没有才华，人类照样过得很好，更何况只是少了我的才华。"

"但那些振奋人心的发现和永垂不朽的思想会怎样？还有那些作品？其中很多您都算是创始者吧？"

"我知道。没有我，或许会显得冷清。但这又如何？事实就是这样。"

我进入了我的猫年。比较幸运的是，它伴随着我直到现在。游走在虎年和龙年之间，就像一只真正的小猫穿梭在我身边。

"您会怀念工作吗？"

"一点儿也不。"

"您有计划吗？会去电影院或是看电视吗？会出去旅游看看这个世界吗？"

"未必。我在这儿就很好。我并不太想动，越来越不想动。"

"看书吗？"

"你想让我看什么呢？你是报社派来的吧？你看过文学

秋潮推出的小说了吗？"

"比如诗歌？"

"饶了我吧！"

"也就是说，你什么都不做咯。"

"正是。"

"我应该做不到。"

"可以的。你知道吗？这其实比我们想象的简单多了。"

"每一天对您而言都会显得没完没了吧。"

"我会到海边散散步，看潮起潮落。"

"如果不出去呢？您从不会感到无聊？"

"我修理草坪。"

"可我看到沙土上只有几根杂草。"

"我看胡萝卜生长。"

"可是您连菜园都没有啊！"

"耕种我的花园"的含义是："我看着时间流逝"，纯粹的时间。抛开过去的烦恼，摆脱未来的担忧。只有当下。感觉此刻在不停地重复。流逝的每一秒中都蕴含着万千世界，什么都不缺。

这是一场圆满的演出。足以填满生命的全部时间。将其他一切抛在脑后。

猫的一生就是在阳光下小憩，在黑夜中游荡，漫无目的，探索虚无。

什么都不想。

当然，是我说它什么都不想。

因为我对它或许在想的东西一无所知。

不过我决定不把一些想法强加给它，因为我不确定那些想法真的就是它的想法。

就像我读过的很多有关猫的小说的作者所做的那样。当然那些书都是人写的！但他们总以为是猫在说话，是它们在向读者讲述自己的故事，表达自己的观点，吐露对于世界和命运的看法。这样它们就化身成了自命不凡、装模作样的无名之辈；或是让人难以忍受的说教者，啰里吧嗦，空话连篇。那些作家，就像可怜的腹语者，在小酒馆表演着他们的节目，让猫做木偶，喋喋不休地替他们道出自己可悲的风言风语。

因为自己无法变成猫，况且这样的奇事也不会发生，至少，人们不会选自己的宠物当老师，从它身上学到宝贵的沉默的一课，教我们生命奇妙的相对性。

要我说，猫是一位禅宗大师。它对于任何事都三缄其口，默不作声。或者，有时以"公案"①的形式来表达：一声猫叫、在夜间掠过，或是某种让空白存在的方式，在虚无中作乐，目光跟随颤动的空气，追赶幽灵般的光影，将之视为自己的猎物，之后厌倦了，将影子丢下，去寻觅一些更加难以捕捉的东西，以把世界的荒谬暴露在光天化日之下，揭穿想从中找出一个意义的可笑企图。

我不知道猫在想什么。就当它什么也不想。我怨自己将非它所想的强加于它。其实只要它在，这就够了。自从我第一次瞥见它，它就邀我进入冥想的世界。第一次，我看到它出现在尽头的那堵墙边，像是从空气中一条不通往任何地方的隧道中走出来。隧道周围的世界以巨大的空白为布景，就和按照演出指示布置的剧场一样。但这里，没有剧本，没有对话，没有演员。揭开帷幕，是空荡荡的舞台。当一切，除了时间，都在无尽的夜色中化为虚有，它便上演一场无始无终的庆典。

但应如何讲述这样一个经历？如果一位作家想把一个荒

---

① 公案：佛门用语，禅宗将历代高僧的言行记录下来，作为坐禅者的指示，久而久之成为一种思考的对象或修行坐禅者的座右铭。这些言行录可启发思想、供人研究，亦可作为后世依凭的法式，称为公案。——译注

谬的想法写成一本书，那么我想，最终我们看到的多半是一个没有故事的人的故事。他像是在撰写史书，记录他生活中毫无意义、微不足道的故事，从一只猫游荡到他的花园开始。这只猫成了他荒诞不经、胡言乱语的由头，他寻思着就此重构一个丰饶的作品，既包含了自己生活的轨迹，也涵盖了周遭风云变迁漠然的宇宙之体系。

真是一部荒谬的悬疑作品，充满思辨的活力，一波三折，跌宕起伏，但最终是没有结局的结局。

这就是我的情形。

第22章　角和象牙

我每天都跟我的"猫师傅"学习。

在露台上，我闭上眼，学它的样子，在阳光下小睡。于是，我梦到自己是一只猫。然后，我醒了。又是一个中国传说。我不知道自己到底是梦到猫的人，还是梦到人的猫。但是，既然我又立刻睡了过去，我根本没时间去研究刚才的情形，没心思去想哪个才是我的真实状况。

梦对午睡情有独钟。小憩的时刻就是梦来拜访你的时刻。沉睡的人仿佛飘浮在瞬息万变的人群中，他们有千千万万，睡梦中的人丝毫没有办法区分他们。"可能"这种东西让人晕头转向。为了达到这一境界，完全不需要借助大学者富有创造力的大脑的奇思妙想，也不需要知道如何安装盒子里的锤子、毒气瓶，更不用知道放射性物质和盖革计数器。说到底，每个人在睡梦中的思维都是对所有其他思维类似的复制，就像在实验室里做的实验，尝试营造出无论哪个做梦人每天夜里独自躺在床上不用任何人帮助就可以满足的条件。

从混沌初开的黑夜开始。

在时间的黑夜里。

眼皮耷拉下来的时候便是盒子盖上之时。观察者不在。因此，所有的现象都处于最初的未区分状态和原始的不稳定状态。云一样的巨大阴影笼罩着它，就像陀螺那样，周遭包含了混沌的世间万物，给出所有安排的可能性，却不会为任何一种可能性长久停留。这唯一的世界极速旋转，让一幕幕出现在人们眼前。这些故事不断加速，或连续，或同时，它们奇特的剪影互相重叠又相互抵消。

日落时分，胡桃树的影子拖得更长了，落在我的脸上，而此时的我正在睡梦中。我打了个寒噤，静静的波音一直穿到梦境，在它的深渊中激起涟漪，将梦推向更深的地方，让沙色的小珠子在水晶的光芒下闪烁。精神的万花筒微微转动：一群镀金的鱼在鱼缸中游过，它们的鳞片捕捉到了太阳遥远的光芒；海马从水的深处奔腾而来；像海葵一样的海星，慵懒地在爪尖旋转；世界颠倒了，巨大的海底铺满了像宝石一样的植被，模仿着夜空的绚丽。

我一会儿浮出水面，一会儿又沉入水中，就像是疲倦给你穿上了它的潜水靴。我慢慢地沉了下去。一旦放弃呼吸，我就开始想象；一旦大脑缺氧，同样的幻想又会很快占据大脑，而身体却在缓缓地坠落。连接船的带子松了，潜水员缩在肥大的潜水衣中，氧气管还连在水面上，但他看上去却像一个吊死鬼，在下沉的过程中一动不动。他随风摇摆，像一个溺水者的遗骸，费劲地在水流中摇晃。或者，因为头盔的重量，他像栽了跟头一样，头朝下坠落，慢慢下沉，潜入水底，像鸭子扎猛子一样。

潜水员，还是吊死鬼？

马赛塔罗牌①中第十二张充满奥秘的牌恰恰排在死神之前：一只脚被绳子系着，另一条腿弯着，头朝下，手反绑在背后，对什么都无能为力。抽到这张牌被认为是不吉利的。它的意思是：灾难过后，不幸蔓延，你将一直被束缚在虚无中，连动一动手指都不行，完全悬空，漫长的等待，而内心的期许永远都不会到来。但是，像所有的象征物一样，这张牌也

---

① 塔罗牌是西方古老的占卜工具，中世纪起流行于欧洲，地位相当于中国的《易经》，其起源一直是个谜。在马赛塔罗牌中，第十二张是倒吊人，第十三张是死神。——译注

可以有另一种完全相反的解释，一种可能及其对立面：只要放下执念，听之任之，便可以达到出世的境地，悬吊者的能量聚集，像一个倒立的杂技演员，像头顶地的苦行僧，像在柱子顶上倒立的柱头隐士[①]，在峰顶把脚支在悬崖的岩石上，岿然不动，周围一片寂静，犹如心境，遗世独立却自由自在。

树枝上摇摆的倒吊人，水流中摇晃的溺水者。

是我，我猜想。

是任何一个人，是所有人，谁都有可能。

似乎不是做梦者构建了他的梦境，恰恰相反：因为需要，因为契合，一成不变的梦境临时创造了一副躯壳，为的是让这副躯壳可以找到某个人，然后让这个人重新回到梦境。倒吊人在沉睡中觉得自己是溺水者，或者相反。我们没有任何方法判断哪边是梦境，哪边是现实。我是我，我是他，我是千千万万的他者，但同时又不是他们当中的任何一个。对所有人而言，梦的总和只有一个，而每个人都轮流分享其中的梦境。

风微微吹动胡桃树，它的影子投在了我的脸上。我为了小睡一会儿，将躺椅放在树下。此时的树干周围满是落叶，有

---

① 古时住在高柱上修行、冥想的人。——译注

几片叶子已经开始发黑腐烂，能看到几个果实：绿色的外皮裹得紧紧的，得用指甲去剥，并且还会冒着被果皮汁弄脏手指的危险，之后才能看到它如树节一般坚硬的核。核仁包裹在硬硬的壳下面，只有锤子才能将壳砸开。里面的果仁像一个完美的世界，蜷缩着，像原子，像行星，那是无限的宇宙，是任何人都可以称王的国度，尽管随后要用王冠去换那匹可以带你逃离此地的骏马。"A nutshell"①，英语是这么说的。莎士比亚也曾说："I could be bounded in a nutshell and count myself a king of infinite space，were it not that I have bad dreams."②我也是，禁锢在胡桃坚硬的果壳中，我可以把自己想象成是无限宇宙的君主，只要没有这些噩梦。

噩梦，梦不一定都是不好的。有好梦也有噩梦。所有梦的总和就没有了好坏之分，因为每个梦都有它的对立面。所有是的和所有可能是的。因此吉利的与不吉利的梦或多或少都会相互中和，尽管没有办法真正去区分什么是好，什么是坏。

猫头鹰是帕拉斯③的宠物，她的图腾，就像夜晚栖息在树

---

① 英语：果壳。——译注
② 英语："即便我困在了果壳之中，仍自以为是无限宇宙之王，只要没有那些噩梦。"出自莎士比亚《哈姆雷特》第二场。——译注
③ 希腊神话中司艺术、科学等的女神。相传她是海神和水神的女儿，是女神雅典娜儿时的玩伴，两人一起长大，关系密切。有一天，她们玩打仗游戏，结果雅典娜一失手杀死了帕拉斯，非常伤心。为了纪念她，雅典娜塑了一个帕拉斯女神塑像。——译注

枝上的那一只一样，监视着我们，然后等待在最黑暗的时刻飞走。不过它将这个任务传给兔子，好让它们确保天亮时我们依然活着。然后兔子又把这一使命交给第一个到附近散步的生灵：一只为我们开启关闭日夜之门的猫，每个人都通过这扇门来来往往，阅尽万千世界。

据说有两扇门。至少，记录《奥德赛》①的先祖是这么说的。通过角之门的是真实的梦，而通过象牙之门的则是虚幻的梦。沉睡中，这些梦向我们缓缓走来。所有的梦同时并存于世，只有到了需要跨越门槛的时候，它们才需要独自决定到底从哪扇门通过。但在此之前，没有黑白，只有灰色在不明晰的条带上微妙地渐变，徘徊于真假之间。

仿佛一个巨大的暗箱，我一直固执地把这个世界想象成这个样子，在这里，一切梦都是悬空的。还有一位先祖写出了《埃涅阿斯纪》②，在他的故事中，所有已逝的生物的灵魂和所有准备重生的灵魂同处一地。它们都是一样的，在不断的轮回转世中，从一个身体转到另一个身体。找到自己的盒子后，它们仍然以幽灵的方式在其间飘浮。这些生物是生是

---

① 《奥德赛》（Odyssée）是古希腊最重要的两部史诗之一，与《伊利亚特》统称为"荷马史诗"。——译注

② 《埃涅阿斯纪》（Enéide）是维吉尔最重要的作品，也是整个罗马文学的顶峰之作。全诗12卷，9896行，形成于公元前19年，用拉丁语书写，是西方历史上第一部"文人史诗"。——译注

死，取决于我们看它们的眼光，取决于我们在它们身上看到的它们曾经的样子或者将要成为的样子，它们轮廓不清的影子在永恒的黑夜中并存。还有所有的梦，它们以曾是、将是、似是、不是的方式呈现。

一个巨大的包，里面，存在与虚无、真实与虚幻并存。就像子宫，在其深处存在着世界的各种可能性，而这个世界只源于生命的痉挛。

我们高估了古代神话中寓言的魔力。同样也高估了现代物理实验的魅力。偶然发生的与我们可以掌控的或许最终都走向同一种结果。在最根本的探索中，一只猫与一片胡桃树叶，一位女神与她的猫头鹰及金枝条，或者高端实验室的精良设备，它们可能产生同样的效果。

入睡就等于推开命运殿堂的大门，无论是角的一边还是象牙的一边，根本无所谓。一旦朝这个方向跨过门槛，进入盒子，真实并不存在，存在的只是无数假象中的一种版本。它们只能以态叠加的方式相互区分，在包含一切的大"波包"坍塌的时候，只有唯一的"退相干"可以将它们区分开来。里面：真实难以辨认，也无法给它确定属性。假设多种多样，世界被分割得七零八落，而意识则与世界一样散乱。

　　我跟着我的"猫师傅"。是它把我带到这个地方，这儿
和泰奥多尔去过的地方不一样，但是我认得这所房子，因为我
总在梦中看到它。林中空地上有一栋诺曼底式的小茅屋，屋
边有棵苹果树。灌木丛中，一条小径弯弯曲曲一直延伸到门
前。或者：在巴黎一栋大楼的屋顶。缓慢的反向自由落体运动
让你进入被禁止的、却住着所有人的顶层。曾是：过去，在最
遥远的时代，自己还是个孩子，在被人遗忘的风景中游荡；将
是：将来，存在我们至今还无法知道、难以理解的观点，但我
们却不能怀疑它的存在。原本应该是：所有没有经历过的生
活，突然间似乎比经历过的生活还要真实；当下是：所有让人
惊愕的一切之总和。

　　混沌一片，却又井井有条。当然不像莱布尼茨所说那
样，他用简单和谐的方式将所有的房间中规中矩地安排在一个
金字塔中。或者应该这样说：一个错位的空间包含了所有的可
能性，但它却将这些可能性放在同一层面，使得空间内部得以
平衡协调，而在空间内部，所有的事物在无限减速的过程中总
会在某处找到回应它的对立面。

　　在散步者的口中，这是一栋荒诞的建筑：就像是埃舍
尔①的版画一样。一条不知道将你带向何处的走廊又将你带回

───────────────

① 埃舍尔（Maurits Cornelis Escher，1898-1972）：荷兰版画家，因其
　　绘画中的数学性而闻名。——译注

原地，你无法知道它如何像只有一面的缎带那样一圈圈卷起来，形成像深井一样令人眩晕的洞穴，止于一个楼梯平台，俯瞰如临悬崖深渊。或者：当你自认为在攀登的时候，你其实却在往下走。门面向虚空，一些窗户被堵死，而其他窗却面向无比炫目的风景。但是，一旦脑海中有了一丝想法，就会形成一个完美无缺的拓扑：大大的迷宫内部一切都联系紧密，每个房间都与别的房间相通。神奇的是，自己也有了分身的本领，可以同时在所有的地方或任何一处，同时住在每一个房间中，而每个房间中都住着我们自己的各种影像：死或生，自己或别人。

第23章　薛定谔之梦

薛定谔睡着了。

他还在做梦，猫趴在他腿上。

露台前有一片苔藓，可以当成是花园中的草地，中间时不时会冒出几根杂草，长满苔藓的地上摆了一张躺椅，他就睡在躺椅上。暮夏时节，午后的光阴越来越短暂。胡桃树枝叶低垂，树梢上零星的叶子在他的眼睑上落下斑驳的影子，为他挡住了刺眼的阳光。微风徐徐，树影婆婆。忽然，狂风乍起，树影被吹开，露出蓝天，阳光照射着他的眼睑，眼皮立刻被染红，眼前出现了朵朵淡紫的花，似遥远的星辰，在茫茫宇宙中不停自转，在夜空中蔓延开去，仿佛一个个星座，拖着银光闪闪的星云。

它打着小呼。"呼得很厉害好不好。"偶尔和它共享一张床的女人们纠正道。它喉咙里发出的声音很大，有时甚至连它自己都会惊醒一会儿，然后立刻又睡过去：与其说是猫的呼噜声，不如说是熊的低嗥。

为了完整描述它的样子，又想到应该知无不言，我得加上这么一句：一溜口水也许正在它嘴角发亮。它的头蜷在一侧，面部肌肉还时不时抽动，小腿或手指也会一阵痉挛。

睡着了还会含含糊糊地说梦话，这对它来说也不无可能。不过，既然没人听得懂……

嘘！

别吵醒它。

完全的寂静根本不可能。时而听到窃窃私语，时而听到一段对话。似乎是从旁边的花园传来的。或者：门窗没关，屋子里，电视机和收音机还开着。正在进行的对话也只是些废话。仅仅是一些飘浮在空气里的词语，听到的人不能完全肯定说话人不是在胡言乱语。

　　我们不知道是谁在跟谁说话。只听到说话声。就像是虚无在自言自语。它眼皮耷拉着，对接二连三浮现在眼前的画面进行着点评。像一部剪辑完美的电影，一个画面必然紧跟下一个画面，但是，不用担心，电影根本没有清楚的情节，观众也无法跟随它的逻辑，甚至无法辨别出荧幕上活动的角色。为的是让人们永远都找不到北。

　　睡着就可以了。

　　为了明白从来就只有一个孤零零的故事。是日子让故事慢慢展开，当它和外界接触的时候，生活就会赋予它一些貌似合情合理的情节。但是，只要我们一直待在盒子里，那又是另一回事儿：一个无人分享的故事，有着所有可能的曲折情节，这些情节并不会相互排斥，非此即彼，而是可以叠加，像层层叠叠的网络一样展现在人们眼前。没有人能讲这个故事，因为不存在一种故事的形态可以同时包容所有的情节。

　　我在做梦。

　　我是谁？谁都不是。也就是说：所有人。

　　是一只猫还是我？也许都是：无所谓。睫毛中间，是午休半睡半醒的眯缝的双眸。

那边，在花园尽头，晾在绳子上的衣服随风摆动，像在虚无面前展开的帘子；红色的夹子夹着白色的床单，床单在风中猎猎作响，犹如空中抖动的裹尸布。或者，后面：水泥墙上的斑点勾勒出在任何地图册中都未存在过的一个世界的模样。旁边：可以看到两棵松树的剪影，树枝显得很笨重，上下摇晃，像稻草人的两只手。上面：白云在空中飘过。

巨大的光波在宇宙中滑过，根本无法辨别出其间的东西，不管是生命还是物体。当意识认为可以将物体与其他东西隔离开来的时候，物体不过是目光创造的倒影，与缓慢的长波同时闪了一下，掠过宇宙，以自己的节奏在虚无中沉浮，毫不理会在永恒的静止中无谓地计算时间的钟摆。世界不再是各种元素的总和，每个元素都独立存在，拥有固定的身份。因为，自此以后，便要将这些元素看成是昙花一现的微小事件、偶然产物，只为观察者的意识而存在。观察者则以生命漫长而又缓慢的波动来观察他们。生命炸开，到处散落成幻觉的尘埃，而光则将自己周围照得浮尘可见。

我是谁？像别人一样，只是这永恒运动随机投下的一道光，不知道自己是谁，转眼就消失。

我常常想，如果换一种方式，我的生活会怎样。

我回忆，我想象。

我看到了我的一切过往。

我们每个人曾经的样子，非常相似，但却完全不同。

一些角色。

我还不够老，还没有老到会去对他们的忧伤感同身受，为他们的回忆而感伤。又感觉自己够老了，老到再也不会过多抱怨他们的曾经。

此外，我又不完全肯定从此以后会把他们的过去看得比以前重。

还有别的。

根据可能性的无限可能。

生活中所有的如果。

在想象中追溯以往走过的路，在梦中回忆我路过的地方。我走过的路像是一捆修剪过的枝条，通向四面八方，而不只是我选择的方向。所以，可以想见，一个我之外的我确确实实走过这些路，在希尔伯特空间①所包含的平行空间中继续生存；或者，在不可想象的无限空间，所有不是我的我过着另一种生活，与我的生活一样真实，没办法知道哪个是真实的，哪些是幻影。他们非常相似，因为他们是同一个生命。又各不相同，因为他们形同陌路，每一个都完全不知道其余陌生人的命运，因为他们只会以理所当然的排他观点去审视别的生命。

他生活中所有的如果。

每个人的生活。

任何时刻。

是虚无中的声音。某个跟自己说话的人。但同时，在睡眠状态中，想象又让他把所有的对话者当成了自己的鬼魂。不知道是哪一个我跟哪一个我的对话。

① 希尔伯特空间是公式化数学和量子力学的关键概念之一。在数学中，则是欧几里得空间的一个推广，不再局限于有限维的情形。——译注

我多想成为和现在的我不一样的我。就像孩子们要向圣诞老人讲出他们想要的装备，扮演学者、消防员、飞行员、宇航员或士兵时一样，他们会犹豫不决，最终却选择把自己装扮成他们在圣诞树底下找到的那个服装既定的角色，并且编个与之相宜的故事，因为没有别的故事，他们就选择相信这个故事。身穿灰色成人衣服，他们一直保持这身彩色装扮。或者：如果，由于想成为现在的我，我把一切都搞砸了，从未达到目的，从沮丧到屈辱，被弃置于无足轻重的位置。我自认为在这出戏中，我应该是主角，但却被厄运剥夺了这样的机会，只能反复咀嚼无限的苦涩。

或者，假如情况并非如此，如人们所说，我真的成功了，但是我哪里成功了？无法证明。并且我是第一个对此表示怀疑的人。

通常的结局都是因为成功而不堪重负，因为要被迫经历巨大的挫折。

除非生活本身还不错，不管命运如何，大家最终也大致满意。因为无法实现自己的愿望，就渐渐地不再有任何期待，只守着自己可怜的最后一丁点儿现实。不知不觉中，期待为存在所迫，渐渐地，越来越小，小到跟偶然送到你手中的机遇一样渺茫。老故事中讲到的"驴皮"①逐渐缩小到消失不见。但根据一种悲伤的说法：寿命缩短不是因为完成愿望，而是因为放弃愿望。与其去面对一个这样的启示，不如去看一部忧伤的老电影在结束时引用的这样几句像丧钟一样震撼的诗句："如果我们过着不是我们想要过的生活，那么生活就是一笔丢失的财富。"大家有一天都会这么想，为的是不去否认曾经的存在。如果要重新开始，我们还是会走同样的路，因为我们虽然不想要这样的生活，但我们也不想要别的生活。

真的吗？

如果我没有遇见这样的生活，或者，如果遇见了，却什么也没有发生，所以没有引出任何故事，最后，一切就像相遇没有发生过一样。如果我离开这个女人，而选择了另外一个女人，如果这个或那个女人离开了我而选择了另外一个男人，如果我跟第三个女人在一起。如果爱情的不幸遭遇改变了我，让我厌烦，就像偶尔发生的一样，就像本该发生在我身上的一样。如果，恰恰相反，我没有对任何一个女人恋恋不舍，和任意一个女人在一起都能自得其乐，就像我可能也有能力这么做一样。

---

① 巴尔扎克长篇哲理小说《驴皮记》中出现的神奇的驴皮，它能帮人实现任何愿望，不管是善念还是恶念，但愿望一经实现，驴皮立刻缩小，人的寿命也随之缩短。——译注

如果我从没有过孩子，如果我有过别的孩子。

　　所有这些如果都分散在某个既不是空间也不是时间的东西里，这个东西将它们囊括，给它们添加了无限个版本和变体。在想象中追溯因之果，然后是因之因，然后又是因之因，却无法将因果区别开来。每个事件都需要被不加区别地看待，就像在别人的剧集中扮演任何一个角色一样。因此，不再有因果，不再有开始和结局，所有的时刻都被打散打乱了，就像被海风吹到沙滩上的沙子，悬浮着，肉眼完全分辨不出，无法看出它们究竟是从哪里来，要到哪里去。灰尘如旋风在虚空盘旋。一大团风懒洋洋地吹来，把它们搅在一起，又任由它们在远处散开。

　　"Regressus ad infinitum"①，哲学家如是说。最初的原因藏在某处发生的意外的瞬间，我们应当相信意外确实在某处发生过——在哪里？——在某个时间发生过——什么时候？——在某个人身上发生过——谁？——因为人们永远只能知道结果。因为我们丝毫没有办法在意外发生的时候见证意外。

————————————————

① 　拉丁语：无限倒退。——译注

因此，哪怕是一个细胞也具有两重性，它遗落在世界上无数其他细胞之中，可以带来生命，也可以带来死亡，在其他细胞当中繁殖扩散，让自身的物质在周围堆积、扩大，成为胎儿或肿瘤。只有在不确定的秘密状态中孕育很久之后，现象才会变得明显。不可想象的命运之轮转动着，盲目地决定着命运，而这些悬浮的粒子还在这种或那种态叠加中犹豫着。

如果，二十年前，在她被怀上的那个夜晚，什么也没有发生，只是一场缺失配子的约会；或者，尽管没有人能知道，但在基因的这场彩票游戏中，出现的是另一种情况，它决定了生命的降临，也早已设计好了生命消失的程序；如果，几年之后，一次原因不明的畸变可以带来这样一点微弱的可能性，让这样的事情发生：骨骼组织的那一个细胞没有分裂成两个，然后再分裂成两个，让癌物质越滚越大，像寄生虫一样吸附在肱骨的内壁上，将它的有害粒子不断扩散到整个人体。如果肿瘤对药物有了良性反应，如果选择了别的更有效的药物，如果外科医生的手术刀更早地切除了这个在她手臂上逐渐长大、逐渐腐蚀她整个身体的东西。如果有可能的话，如果只是生了一种别的病，而她康复了。如果她一直活着的话。二十岁，她现在应该有二十岁了。但她又是谁？也许是一位年轻姑娘，没人知道她会成为什么样的人，只能幻想她在无数平行空间中的某一个当中生存着。只是不在我生存的那一个空间里。我又是谁？如果她曾经活过，至少我同样也只是另一个她无法了解的存在，我无从得知。

两个原子在虚无中相撞。根据旧唯物主义中最好的假设：一场微小的动乱会波及很远的地方，就像蝴蝶振动的翅膀在空中聚集起巨大能量，在地球的另一端引发飓风一样。世界如一个复杂的系统，任何一种基于合理图表、将所有元素联系起来的决定论都无法解释它。但它同时又是有待解决的混乱局面，所有的现象都以概率来计算，并且对大多数情况适用，可某些个例却又无法解释。

所以，如果我们将生命独立出来，它将毫无意义，像掷骰子一样充满随意性，任何一个结果都会随时被另一个结果取代。生命的总和只有同时完成供命运选择的各种假设才显得可靠一些，才能让令人惊异的机遇的多样性得到平衡。就像完美玫瑰花饰图案上的点，螺旋环绕着它的空心，即圆规的针脚所在的地方。只是这样的图案几乎是不可想象的，因为能看到它的那个人根本找不到能站得住脚的地方。在某个我们不了解的现实中，生活着另一个自己，并且他的幸福对应的正是你的厄运，这种说法其实只是一种拙劣的安慰，甚至是一种残酷的嘲讽。

另一个自己。

如果我今天的生活有所不同。如果我的女儿没有死。如果她没有生病。如果她没有出生。如果我拥有过别的爱情。如果我过着别人的生活。如果我是另一个人。如果我没有出生。正如悲凉的老话说的，所有的人都应如此期待。

就像在《尤利西斯》这部旧小说中，某人想起了过去的自己，却弄不清楚所有这些过去的自己当中，到底哪一个才是真正的他。如果今天的我是我，那么昨天的我是谁？如果昨天的我是他，那今天的我又是谁？

无限的悲伤。可怕的嫉妒。我们认识到的我们的曾经，我们本应的曾经，它偷走了你真正的生活，留给你的只是可笑的赝品。

我记得我幸福过、悲伤过、活过。我想起来我曾经就是这样一个人。我幻想我本应成为另一个人。

我到底是谁？

第24章　几个等待清点的纸板箱

　　我终于看到了那个很像大盒子的世界。它包含了别的盒子的无限性，而每个盒子又都拥有薛定谔实验带给它的特有属性：隐藏着悬浮状态下的所有可能，这些可能的状态或聚集或崩塌，为了在某一刻营造出独一无二、貌似奇迹的灾难幻象，而这一幻象被人们当作现实。

　　一切都是因为一只猫！

　　它，今晚是"第一次"钻进花园。一年前，它模糊的身影在黑暗中如幽灵一般难以捉摸。在那里，又不在那里，既生又死，让它的周围充满阴影，无处不在，直到囊括整个宇宙。它以自己的方式进进出出，出现、消失，似乎它的每一次出现都打通了通往一个盒子的路，然后，又是一个，所有的盒子都与第一个一模一样，但又与它有别。

假设：这是一场季戈涅式①的箱子游戏。其特点在于：每个元素都包含了其他元素，因而，我们终于到达的最小的盒子，也包含了最大的那个。每个盒子都有一个故事。季戈涅式的故事。会说话的俄罗斯套娃，打开一个，里面又有一个，永远找不到最里面的那个。无论如何，在最后一个盒子里，从来都只有虚无，我们仍然会想象所有实在的态叠加都在其中悬浮，等待分离、展开，带着所有要讲的故事，以此来向世界展示属于它的独有形态：将来的形态。

被这样的思想引导的实验，要求我们相信，每个盒子都以某种方式囊括了当下的状态，但只是以无法验证、无法定形、充满假设的云团的形式存在。一旦目光投向它，云团就会立刻消散，幻化成烟。因此，一旦我们想要抓住它，它就消失得无影无踪。

最难想通的是，像其他犹豫着不知选择哪种表现的现象一样，我们一直飘浮在盒子里面，但同时，我们又在盒子外面，把现实看作暗箱，它像完美的保险箱，你可以把它撬开，但它

---

① 季戈涅妈妈是法国木偶戏中的角色，身材高大，从她衣裙里会走出一群孩子。——译注

有一个巧妙的自动摧毁装置，只要挡在入口的金属门一被撬开，里面的东西立刻蒸发，因此完全不可能带走藏在里头的任何东西，甚至让人无法确定里面的东西是否真的存在过。这让人感到很茫然，像另外一些著名的形而上的谜语一样，比如，当冰箱门关上后，你会暗自思忖，冰箱里的灯是否还亮着。

弄完花园里的花花草草，我开始整理屋子。

总之，这仍然是一种说话方式。因为那既不是我的花园，也不是我的屋子。而是："她"的花园，"她"的屋子。也因为我既不经常打理花园，也不常整理屋子。我看着沙地上长不出草，季节自个儿就能搞定花瓣和树叶。然后，当我看够了，我就回屋子，琢磨橱柜里有什么，堆在杂物堆和车库的纸板箱里有什么。

通常，猫总是跟着我，就像为了陪我一样。凉爽和黑暗的地方似乎总能吸引它。它一跳就跳到了一堆杂物上面，躺下来，在空中轻轻地摇着尾巴。似乎杂物堆中——或者车库中——隐藏着一棵样子有点奇怪的"猫树"，有着梅花形的平台，就像是人们在城市公寓中按梅花形栽的树，给关在四壁中的动物活动一下的消遣——或幻觉。它的瞳孔在黑暗中扩大，天花板上有一盏黄色的灯发出微弱的光。

　　各种尺寸、各种形状的纸板箱。搬家的时候，我们把它们堆在那里，似乎只能这么做。自从它们被放在那里，我们似乎就没有勇气再去碰它们，它们堆成不稳定的金字塔形状，顶端有时比底部还大。一堆箱子歪倒在边上的一摞上，靠它们支撑着。下面的箱子被上面的压得变了形，幸好裹着好几层胶带，这或多或少保证了它们的牢固性，不至于因为重压而散架，但也让我们无法将它们打开——即使我们能把它们从整体中抽出来，因为抽出其中任意一个都有可能让一整堆箱子瞬间坍塌。

　　整体就像诺曼底橱柜一样沉，也像纸做的城堡一样脆弱。周围全是灰尘的味道。

　　我去车库——或去杂物堆，仅仅是为了确认那些纸板箱千真万确在那儿，而不是我幻想出来的。我开始仔细检查它们。在精神上做清点。纯粹是依据大脑活动原则，因为在实际操作中，就像我刚刚表现的一样，即使我有意愿和勇气，从一堆箱子中抽出一个来清点内容也是很冒险的，除非抽出的是所有箱子最上面的那一个。这就需要把房间里的东西全部清理出去，将箱子整体移动，拖走它们——因为抬走它们的可能性已被排除，它们太沉了，将它们从地上抬起来会直不起腰——把它们拖到一个空旷的地方，才能一一验收，一个挨一个地将它们安放好，这样，每个箱子才可以打开。即使是客厅也都显得过于逼仄。我看只有在露台上还有点儿希望。得在那里忙一整天工夫。就算一切就绪，"逆运算"也不一定就会发生。这个三维拼图游戏很像巨型的建筑游戏，有各式各样形状和大小的砖块，谁也不能保证它会任由别人将它恢复到稳定的秩序，回到它之前在房间里的稳定状态。

真是叫人头疼的中国拼板游戏，我暗自思忖。

于是，我看着封好的箱子。因为接二连三搬家而被弃置的箱子，就像被扔到海里的瓶子，风暴将它们带到了岸边，但是谁都知道，海水已经将里面的小纸条腐蚀了，一旦打开软木塞，将小纸条拿出来，它就会化为齑粉。至少，墨迹已经消失。我试着想弄清楚纸板箱里装的是什么，在箱子的某一面，总会看到黑色墨水笔写的说明文字，我不知道是我写的还是别人写的，但这些字通常不会给我太多有用的信息。好几个箱子上都写有"杂物"的字样，我心想这样的说明文字到底有什么作用。

我生活的片段，如一个个时间胶囊，被赋予了偶然的游戏，在古老的记忆术中，任何一个熟悉的空间都会召回过去所有的回忆，正如它所期待的那样，似乎以前的东西都在自己面前走马灯般浮现。根据一种很简单的记忆术。我的过去都被尘封在这一堆破旧的纸板箱里。

乡下的房子就像一个大大的放零碎杂物的收纳盒。我们把没有勇气丢弃却又不能带在身上的东西全都扔在那里。因为怕带在身上会撑得裤子或外套变形，或者怕带着没用的东西手提包太沉。

角落的箱子里散着各种信件，所有收到的回信还放在原来的信封里，（还好没有将原信的副本也放在里面！）几乎难以辨认的资料，都是以信件的方式寄给自己的，（是寄给哪个我？）寄给生命中各个年纪的我。重读这些信，会隐约看到信件所描述的收信人的模样，自命不凡又可悲的小人物，一直以来都认为自己的编年史值得好好保存。

保存了给谁？

还有几箱书。因为尽管书房很大，还是没有办法将所有的书都放到书架上。又因为愚蠢的迷信，傻傻地认为应当尊重所谓的神圣的印刷品，不能将它们丢弃，又不知道可以把它们送给谁。

别的箱子里还有纸张、发票、收据，似乎是为了在最后审判的时候极有可能发生的财物检查而保存的，而不是向税务部门隐藏了什么东西。但谁也不知道。有银行账单的帮助，即使我们什么都忘记了，我们还是可以知道我们在哪个餐厅吃过饭。但和谁一起？二十年前，六月的一天。

　　这些年拍的几百张照片，有些被放在十几个相册里，不知道当时是怎么选择的，也不知道是按什么顺序排的。就这样，每个人在不知不觉中都完成了一部画传，一部浑然天成的自传。其他照片则和底片一起被放在小纸袋里，因为没有被选进相册。但它们本应在相册中找到一席之地，如果需要，它们同样也能证明，任何一个存在都可以用千万种不同的方式来表述，我们讲给自己听的故事以及我们愿意相信的现实，从来都只是每个人都会经历的同样的故事的无数版本中的一个。在相似的场景中，每个人都是配角——度假、旅行、婚礼、男人、女人、长大的孩子、家庭、朋友——因此我们以为看到了过去在赶集的时候常说的话。集市上，我们将头伸到画布上挖出的洞里，将自己的表情借给以假乱真的错视画中的人物。所有人都经历过相同的场景。只认出了自己的脸。然后，我让胡子和头发随便长，我那时真的胖了许多，但我很年轻。尽管需要一些想象力，还是应当相信照片上所有这些人都是我。时光飞逝带给人麻木和沮丧的感觉。

　　然后，在最底部，在最里头，在最难以触及的位置，因为我们很清楚我们不会再碰那里，是放着孩子衣服的箱子，衣服都洗干净了，熨烫好了，整齐地叠好了，各种尺寸的衣服都在，从一岁到五岁。像是还未被碾平的坟墓入口处折好的裹尸布，保留着已经消失的躯体的痕迹。她看过的书，玩过的游戏，她的洋娃娃，陪她睡觉的毛绒玩具。空着的nursery①里所有的东西都在这里。

在如此久远的岁月里，我们有时会对自己说，真不敢相信这是我的生活。

被阴影和尘土掩埋的巨大陵墓。纸板箱如同地下室尽头堆砌的棺材，等待无人相信的复活。

当然，很久之前就应该将这些全都毁掉。应该在花园里点一把火将它们全烧光——如果从技术上来讲可行的话——这是最好的解决方式：露天的火葬，让一切化为灰烬，消散如烟，上天入地，还它自由。如若不然：有一天，把它们扔到垃圾车里。

然后等待自己的残骸也被倒进垃圾堆的时刻。

Meet me in the garbage!②

但我不是艾弗雷特。

———————————

① 英语：婴儿房，小孩子的房间。——译注
② 英语：到垃圾堆来找我吧！——译注

我们都心知肚明，有些事非做不可，但是心却不愿去面对。于是，因为懦弱，我们总想把这件事放到以后去做，自欺欺人地想把这件事情留给后人去做，让他们去处理。即使我们知道不会有后人了，而事实亦如此。因为没有更好的方法，于是就把这件事情留给清道夫，等有朝一日最后一个也死了，最后的话也说了，他们将替你把遗忘这份艰难工作做完。

我永远都不会打开任何一个纸板箱。如果我打开了，箱子里的内容会立刻鲜活起来。但是以一种让人沮丧、令人哀伤，像垃圾一样讨厌的形式出现，我根本无法从中找到我曾经的所爱。除了那个异常清晰、一切不复的证明。当所有的箱子都没有打开的时候，我可以坚持疯狂的假设，认为箱子里的东西都是既生又死的。一个不属于任何时间，充满可能性的纯粹的"波包"，在那里面，所有曾是和本应该是的都会永远延续。

最后，来自我之外的一个人，他是曾经的我，也是现在的我，但他属于别处或过去，他从他所在的平行空间给我们寄来了一些包裹，它们囤积在那里，似乎包裹寄到的时刻永远都不会到来。但是，因为它们的魅力并没有因为不耐烦和好奇心而有所折损，我有那么一点相信它们有一天还是会到来。那一天，死去的人突然出现，为自己的复活而感到光荣。在如此漫长的噩梦之后，所有的宝物都会从箱子里跳出来，回到它们自己的位置上，一切都像从未发生过一样，生活重新恢复了过去的圆融和美好。

疯了？

一定是。

但那又怎样？

第四部

第25章　真之实在

是因为我们相信平行宇宙存在，所以我们疯了，还是因为我们疯了，所以才会相信平行宇宙存在？或许，这说到底是一回事。而且，首先应当理解"相信平行世界"的含义，并在"疯"的意义上达成一致。

在大盒子里，所有的东西既是它自己，也是它的对立面。因此，每个人既是疯又不疯也就不足为奇。我们甚至可以支持这样的观点：在相似的情境下，此类双重精神状态是会受到医生推崇的。

艾弗雷特和薛定谔之间只是一纸之隔。尽管他们都不知道，但艾弗雷特确实是薛定谔最好的弟子。不过，青出于蓝而胜于蓝。当薛定谔开始退缩，并且满足于阐释和常理并不相悖的"态叠加原理"时，艾弗雷特跨出了一步，并且将推理推到了最极端表述，直至提出平行世界。这就是为什么一个（艾弗雷特）是疯子，而另一个（薛定谔）只被怀疑可能是疯子。但一切都取决于人们选择的视角，因为视角可以颠覆一切评判。

然而，从某种意义上来说，他们在各方面都观点一致。同样都专注于这样的想法：应当找到解决问题的方法，尽管别的学者都只满足于毫无说服力的表述，但这很难掩饰他们主动选择的放弃。他们不愿意将问题思考到底，而是找借口，宣称他们用粉笔写在黑板上的方程式所建构的模型是否反映实在并不重要。

与他们敏锐的怀疑精神同行的是我的同情，这一点，我必须坦白，如果对一个像我一样，一想到这些问题脑袋都要炸开的人，在一堆自己弄不明白的观点中选出自己偏爱的那个观点的人来说，这并不显得很可笑的话。赞成哥本哈根诠释①的乐天派宣布，所有的理论，包括他们的理论，不是用来解释实在的，而是用来将我们观察到的或在实验室预测到的实在合理地排序。

---

① 哥本哈根诠释是量子力学的一种诠释。——译注

他们没再说别的。

也许，他们说得对。

当科学原则上要采取同样谨慎的态度，"一切就像是……"就成了它最后的表达。

但薛定谔和艾弗雷特并不这样理解。他们要当实在派。他们坚持认为，科学不应当放弃解释世界真相的雄心壮志。尽管站在这样的立场上有些自相矛盾，会让他们去维护一个理所当然被认为是对所谓的现实的一种非现实的——因此也是让人完全无法接受的看法。因此，他俩都引以为豪的理论会演绎成对这个世界及其法则来说都极其疯狂的观念。

他们已经疯到这种地步了？没有什么能让我们确定这一点。对于社会所推崇的行为规范而言，他们都是很严肃的人，他们略为古怪的行为处于最普通的正常范围之内，并且可以接受。除非我们在经常拜访他们的时候不小心给了他们全身心投入数学难题的机会，否则，没有一个人能感觉出什么。

而且，相信实在存在，认为有可能说出实在是什么，这一点也不疯狂。

不是吗?

或者说:是吗?

真是太过分了!

就拿薛定谔来说吧!

他被看作实在派量子力学无可争议的杰出代表人物之一是很有道理的。他之所以值得爱因斯坦称赞,是因为他们两人一直都是孤身奋战,在科学的古老理想处处受到质疑的时候去捍卫它。薛定谔想用归谬法论证:如果我们认为现代物理学的假设忠实地反映了现象形成的方式,那么,这些假设会把我们带向何处?这些现象的不同状态在微观科学中被理解为概率,他认为,当没有人观察这些现象的时候,猜想这些现象同时并存是非常荒诞的。不管有没有人察觉这一点,在亚里士多德古老而根深蒂固的逻辑看来,这些相互矛盾的状态会自然而然地相互排斥。

尽管命运的嘲弄却使它恰恰成了他想反驳的命题最有力的证明,薛定谔编的猫故事没有其他目的,只是想指出:波函数特有的态叠加原理只能表明一只猫可以同时既生又死,否则,只能放弃关于实在的所有合理构想。

薛定谔在生命的最后仍坚持认为，从以上角度来看，整个宇宙就像一个大泥潭、一堆模糊不清的黏稠物，一切都迷失其间。世界上的生命、物体都幻化成了形状不定的游魂，没有轮廓，亦无内容。他说，各种各样的水母一直都被与别的动物做比较，但在英语里的表达却更形象，"a jellyfish^①"。字面的意思就是："果冻鱼"，从模具里做出来的软乎乎、几乎半透明的果冻鱼。在芒什海峡的另一边，人们用它来做甜点。这种东西冻在一起又不坚固。"jelly"就是我们将来的样子！

如果我们认为箱子中的猫既是它本身，又是另一只猫，模糊、脆弱，那用"果冻鱼"的方式才能创造出这样一只猫。一只果冻猫或者一只猫果冻。这就是这位学者所批判的波函数和量子力学的反常规解释所产生的幻觉。薛定谔继续嘲笑道：如果有人相信这种生物的存在，那么按他的逻辑，睡觉之前放在床头柜抽屉里的十英镑会在夜里不翼而飞，因为他在睡觉的时候并没有盯着它。

因此，薛定谔反对量子力学过度的推论，这些推论使得量子力学与世界上所有其他合理的概念不相容。但他并没有就此下结论，他认为他的方程式只是一种比喻，与真之实在没有

---

① 英语：水母，由"果冻"和"鱼"这两个词组成。——译注

直接关联。他反对一成不变，反对人们满足于表面看上去正确，实际上却是错误的理论。

于是，他坚持做实在派，确信学者的使命要求他坚持不懈地寻求真理，并且永不放弃，努力使实在的呈现与意识所构造的和谐精神图像相容。

说到底，这似乎是他下的一个赌注：赌这个世界是可以理解的。他反对哥本哈根的同事们的不可知论，他们懒得去辨别真假，却指责科学没有研究事物的本质。像爱因斯坦一样，他也反对那些人的不可知论，相信世界是可以解释的。如果不能坚守这个信念，世界就不会被真正理解。

因此，实在主义其实是一种信仰。

尽管我曾经错误地认为它是理所当然的，但我继续支持这一观点：实在是存在的并且是可以被理解的。

这是另一种"就像是……"

应该当作这个世界是有意义的。

尽管这个意义与我们通常所认为的意义毫不相同。

因为薛定谔的实在主义与我们通常的想法完全不同。即：相信外在客观实在的存在，感知模式下的意识也需要依靠这种实在。这甚至与我们所认为的完全相反。

当我们问什么是所谓的"态矢量"①，它处于什么地位时，也就是问波函数的真正价值是什么时，薛定谔会非常坚决地回答："态矢量"真的存在。就像世界上任何一种物体存在于我们周围一样，比如：一张桌子，一张椅子。但他真正的意图不是想让我们明白"态矢量"和桌子一样真实，而是桌子本身和"态矢量"一样真实——或者说：一样玄虚，因此也拥有和"态矢量"类似的理论存在，但因为我们从小就已经习惯了周遭的环境，不会对它的存在产生怀疑，认为那都是天经地义的。

当我们认为我们看到物体的时候，头脑里应该是这么理解的：我们自以为存在的"永恒实体"其实只是一个个"瞬时事件"，只有它们链接在一起时才会产生固定实在的表象。无论是微粒、原子、分子还是桌子，都一样。薛定谔甚至写道：微粒、原子、分子根本没有"可辨别的独立性"，正如它们并不像我们所认为的那样存在一样。而哲学家们趴在上面写作的熟

---

① 在量子力学里，一个量子系统的量子态可以抽象地用态矢量来表示。——译注

悉的桌子，他们以为它是由金属架子、木头板子组成的，而事实上不过是一些"某种物质微粒"在虚无里旋转形成的"阴影世界"。或者，桌子上的小摆件看上去从未改变，但从它被生产出来的那天起，构成它的每一个元素从未停止过变化。

这就是薛定谔的实在主义所谓的实在。

在他生命的最后——当时，他早已放弃为基础物理做贡献，因为他已经迷失在基础物理的原理中，而以诗歌和哲学为乐——薛定谔偶然给他的学生讲出了他开玩笑说的"第二"方程式，这一方程式赋予了第一方程式全部含义，拓展了"态叠加原理"的内涵，使其适用于整个宇宙。

他说，世界只有一个，并且在这个世界里，主体和客体不再有别，个人的我与他所属的万物在古印度先贤所说的那种永恒现在的模糊状态中相融合。吠陀①中说，L'Atman（我）即le Brabman（万物）。这恰恰是薛定谔的第二方程想表达的意思。因为一切有关万物本质的答案只有一个，那就是："这就是你。"

---

① 吠陀，又译为韦达经、韦陀经、围陀经等，是婆罗门教和现代的印度教最重要和最根本的经典。——译注

薛定谔并没有放弃实在存在的信念，但是他赋予实在的意义使实在有了难以想象的维度，所有的个体都只是唯一生物的不同面，就像闪烁着光芒的珍贵宝石的不同面投射的光芒。所以，同一个整体的每一个局部都只是幻影。

自从这个新观点诞生后，一切都不复存在，除了形式无休止的变幻、对物质和生命一致性的信仰破灭以及自我认同感的消失。

疯了？

我不奢望它的反面。

更不用说，当我们终于走到永远没有答案的本质问题时，所有的观点最终都等同了。薛定谔强调，触及事物根本的时候，每个人关于真之实在的想法最后都归结到神秘主义或形而上学。他这么说很有道理。我们不再有任何办法来区分理性和非理性了。

每个人都想当然地确信我就是我，确定躯体与精神与一个和谐、稳定、各种现象以我们熟知不变的规则相互联系的世界同在，但事实上这只是我们的直觉，它甚至经常发现自己恰恰是自己想当然建立起来的观念的反面。我的眼睛看到大地是平的，我的身体感觉到我们的地球并没有自转，并不像在星系的虚无中以恒定速度转动的陀螺。一切都告诉我是这样的。但这是错的。

那么，既然在这么简单的情况下，如此明显的事情都这样让人迷惑，就像薛定谔所说，我们会去反对认定的说法，我既是某个人，也是所有人，是这个连续存在、内部不再有主体和客体之分的大整体的不同面当中的一面？或者，像艾弗雷特说的，我无时无刻不分散在平行世界中，只有我对它们的感知使我相信它们归于唯一的实在，而我是被偶然的多种可能性抛置于这个实在之中的？

At the end of the day[①]，在它沉溺其中的虚无面前，意识不再认为虚无最终会将适合它的意义赋予它。这就是为什么科学的最后一句话就是寓言的最后一句话，把意识带到源头，绕了一大圈，又回到了起点。

因百思不得其解而下的赌注。

就当它是：一部小说，一首诗。

---

① 英语：在一天结束的时候。——译注

一方面，薛定谔是一个顽固的实在派，对他那个时代热衷于胡言乱语的科学充满敌意，坚决忠实于真实的古典标准，这使得他与某些不可知论者的谨慎和另一些人的盲目轻信相去甚远。但另一方面，因为他自己对真实的认知，薛定谔最终也支持实在不存在的观点，或者：实在存在，但它存在的形式与我们所认定的形式不同，所以，最终这两种观点几乎如出一辙。

所以呢？

所以，最简单的方式就是认为，像他故事里不可捉摸的猫一样，他自相矛盾，坚持一种观点及其反面。首先是作为物理学家的观点，然后是作为形而上学者的观点。总之，这是最为他的支持者和诽谤者看重的观点。我也很想看重这一点。然而，即使我将梳理的工作交给比我更博学的人，最终结果也是不确定的。

他专注的形而上学并不是一个过时的、游手好闲的学者因为年老而产生的怪念头。他一生都在解释这一形而上学，从他伟大发现之前的文章开始一直到他最后一篇文章。因此，我们不得不去想，同样的世界观贯穿了他的科学研究和哲学思考，我们需要将真实想象成印度圣书中所描绘的样子并且认同它们关于永恒存在的万物永恒概念，才能使薛定谔方程在白雪皑皑的阿尔卑斯山下的某个旅馆房间里，在两个爱的拥抱之间成立。

因为吠陀的奥义书和波函数似乎都提出了同一种看待事物的观点，一切都无止境地飘浮着。就像一直以来，现代科学最无可争议的理论也从最让人怀疑的信仰有所借鉴。所以，牛顿如果没有醉心于玄奥学说，或许就不会想到两个物体之间可以远距离相互产生一种作用，正如万有引力定律所揭示的那样。

不是因为薛定谔的思想来源于这种科学与宗教相混淆的各种愚蠢学说的综合，就像这二者会互通有无、相互扶持，在一方犯错的时候另一方会吸取前车之鉴，这让他得以保持自我，拒绝做苦行僧或精神领袖。当时因为不管是哪种真实的思想，不管它是用什么语言表达的，不管我们把它挖掘得多么深入，它最终都会走向淹没自身的虚无之中。

真之实在？

"其实！奇怪的实在！它似乎缺了什么。"薛定谔在某处写道。

真就是对空的眩晕感。

只有涉及真的时候，思想才会消亡或完善。

在幕布就快落下，舞台上的一切都将在黑暗中准备就绪的时候，这位学者放下了手中的乐器，折断的指挥棒，丢到水里的书。

并不是因为他不想知道得更多。

而是因为他终于知道了。

莎士比亚也说过：所有的精神都消失在空中，将非物质的纬线抽离出来，那上面编织着世界及其图案——奢华的宫殿、庄严的庙宇、高耸入云的高塔，一直到地球本身，一切都伴随着我们所做的梦之实体在虚无中分解，而我们渺小的生命最终陷入沉睡。

因为，就像科学一样，艺术的最后一个词是消失。

第26章　换一个故事

于是：任由一切被淡忘。

何处？何时？如何？

当然，并不存在最后一次，正如不存在第一次。

一年前，这只猫多次出现在我身边，很久之后的一天，我才意识到它已走进我的生活。或许它也给了我不少线索，表明它即将离开我的生活。只不过我现在才发觉我早该想到。

可是，假使我想到了，就算我想做些什么，我也无能为力。

就算知道也无助于事。

说到底，有时候，不知道往往更好。

首先，最初，我看见它消失；最后，它又出现在我眼前，我当时不知道这表明它即将离开。但何时、何地、怎样出现，我也说不出来。一切是倒序发生的。我对此完全没有印象——除了一种：事后本能地填补了记忆的漏洞，营造出一种记得的错觉，而记忆中其实并没留下任何痕迹，于是，我难免会怀疑这一切是否真的发生过。

我只是在某个时候，忽然注意到，自己有好一阵子没看见这只猫了。这时，我努力回想最后一次见到它时的情形。我想起几天来它几乎都没露面，接连几晚都没要求在床上给它让个位置睡觉，而是在外过夜。留在它碗里的食物它也没碰过，只好倒掉。

这些迹象一反常态，确凿地证明它离开了我们的庇护。不过这没什么好担心的，因为它会定期出去溜达，仿佛一时兴起，听到了远方的召唤，常常会失踪。但自从它来到我们家——我是说：来它家，到"它的"房子里——它从没有离开这么久。

"你见到它了？"

"谁？"

"猫呀，还能有谁？"

"连影子都没见着！"

"我试过喊它来着。"

"话说回来，喊名字也没用，它没有答应的习惯。"

"便何况没人知道它的名字！"

在那之前，差不多两天前的晚上，我们虽没有明讲，但心里已经明白它可能不会回来了：那是个星期天，秋日依旧温和。阳光照耀了一整天，然而夜晚袭人的凉气还是预告了冬季将至，带来遍野湿寒与霜冻天气。

最明显的预兆是夜晚：它的降临很突然，转眼间整个世界陷入黑暗。一切都在很短的时间里发生。我去厨房续一杯威士忌，找火点雪茄，再拿件保暖的东西披在背上。等我回到花园，处处光影昏暗，好像有人趁我不在的片刻光阴，展开一块轻盈的幔布，搭在两堵院墙之间支起的隐形横杆上，高度与花园露台相当，把屋子前前后后全蒙上了。透过这层薄纱看东西，只能瞧见影子，以及若隐若现的轮廓：胡桃树（左边）、枫树（右边）离得不远，还能清楚看到，而再远一点，在沙地里的灰草坪上冒出来的，只能非常模糊地辨认出窝棚（一个方块）和两株松树（几个锥形），其余的东西（丁香

261

树下金雀花干枯僵硬的枝丫）完全湮没在最远处一大块黑色中，那是隔壁邻居家（我管他叫普朗克先生）的屋后。

猫趴在地上，有大半天时间是以同样的姿态，趴在同样的地方度过的。我端着威士忌，叼着雪茄来到猫旁边，在露台边的石沿上坐下，不如说蹲下。过了一会儿，它站起来，慢慢向花园边界走去。它走路时体态灵活，让人感觉猫不是笔直前行的，而是走在一条只有它自己能看见的线上，保持着平衡，像杂技演员凌空走钢丝，时而朝左倾，时而向右斜。它的身体平衡协调，延至尾骨的背脊在活动。它踩着一条往它想去的方向延伸的羊肠小道，并跟随道路的弯曲扭动躯体，脑袋也不时地左右摆动。这让我感到——当然只是感觉——它离开的同时还在向我回眸。

好几次。

接着：最后一次。

我不能说我看见它消失了。因为这就等于说我当时知道它将永远离开，事实并非如此。因而我没有一直盯着它看。我的目光转向别处，注意力也移开了。可能我当时扭头去看乌云在天上的行迹，云朵后面挂着一轮圆月，映衬着几颗星星的珠光。

当我把目光收回来，再看花园的时候，它已经不在那儿了。

我眼前已是一片漆黑，看不到它的踪迹。它可能钻过了邻家两堵墙体间的三角形豁口，尽管新近装修动了点儿工，但最终并没有碰这个豁口。猫钻进这个通道，它或许通往隔壁人家，又或许走几米远路就堵死了。

就这样，它从何处来，便往何处去了。

不过，是何处呢？

"你说这都几天了？两天还是三天？"

"我觉得有三天了。"

"它可能回原来主人家了。"

"隔壁邻居家？"

"或者再隔壁。"

"他们一年没见着它，看到它突然回家准感到惊讶。"

"它刚来时我们也很惊讶。"

"要么，它找到新家了。"

"这个阴险的小叛徒！"

就当它是这样吧。

故事可以有多少种开始，也可以有多少种结局。

尤其当你想到，每个故事都无头无尾，只是讲述它的人赋予它开头和结局，使之成为一个故事。他是在用他独特的视角观察纷繁的琐碎事件，这些事件就像空白纸页上随意排布的点。有些游戏就是这样，孩子们用彩色铅笔连接这些点，或按照数字顺序，或任意涂画。孩子们有的按照预先想好的样子作画，有的干脆天马行空率性而为，最终形成各式各样的画作。空白的纸页上出现千奇百怪的图案，比如猫，一只栖在树上的猫。不管是从这头画起还是从那头画起，先画猫的髭须还是尾巴。

再者，如果你想到，每个讲述出来的故事，其实只是它众多版本中的一个，发生在众多平行宇宙中的某一个里面，万众归一。

因此，我们借这种眼光就能看到，所有事物都无始无终，它们只是不断分裂，形成一个个岔路口，朝着各种方向而去。有着各种可能的无尽空间内，一张巨大的网在永不停息地延展，而我们所谓的故事——有着开头、中间、结尾的故事——只是从中分离出来的一个时间片段。

最后一次？

究竟哪个"最后一次"？

是那个"最后一次"，还是另一个，或者再另一个？

我在脑子里一一盘算这个故事可能的结局，究竟用哪个，完全由我说了算。

有哪些？

最圆满的结局是让猫留在我们身边。

有些则比较伤感，比如猫找到了原来的主人，决定回到他们家里。它撇下我们，到别处、同别人一起生活。

还有更恐怖的结局，比如带它去兽医那儿。我们带猫去打针，尽管内心犹疑，可还是对自己说，它太痛苦了，还不如帮助它结束生命。

例如，有一天，猫在门前的马路上被车撞了，但没有被活活撞死、一了百了。可怜的小东西伤得不成样子，拼尽全力爬回花园。我一碰，它就嘶声叫喊，但并无怨怼。我赶忙把它抱在怀里，像个四处张望、寻求大人帮助的孩子一样可怜，然而四顾无人，心里便明白不会有援助出现，自己责无旁贷地要完成这个伤心的任务：当初脑子一热收留下来的小家伙，现在受了重伤，苟延残喘，只好结束它的生命。

我用一块毯子小心翼翼地裹好猫，赶去最近的诊所，心里祈求诊所这个点还没关门，能有人立即接待一下，可以把这桩事情托付给他——不如说是推诿给他——让他想个解决办法，不管这办法有多可怕。整件事情本来就是不慎惹上身的；心里很明白，也应该明白，那种结局是不可避免的。

也有可能是疾病来袭。

例如：猫的鼻子旁边出现一块逐渐长大的渗液小黑斑。医生立即看出来了，因为这是猫类常见的疾病之一。猫长了个肿瘤，我们束手无策，至多像别人一样借助化疗手段（改进为适用于动物的治疗方式），企图延缓病情恶化，但效果并不明显。不消几周，伤口迅速扩散，延伸到右眼，猫嘴上方开了条口子，连到上颚，在脸上形成一个怪异的笑容，挺吓人。这可怕的情景，看多了也就习惯了，和熟悉其他可怕的东西是一个道理。我还对自己说，兽医就是这么说的，现在能恢复平静的生活也不错，至少猫不那么受苦了，它还能正常进食，依旧爱遛弯，喜欢有人陪着。看来，最强大的还是求生的意愿以及活着的欢愉。

266

直到某天，要结束它的生命了。原本好好的脸，现在成了一个大伤口，小家伙痛苦地蜷缩着。带到诊所，医生给它做了检查，还给你讲道理：再拖延下去并不明智。他安静地准备器械，说，过程很快，它不会感到痛苦。谁心里都有数。它那满含信任的目光，同时因恐惧而睁大的双眼就是证明。从这对眸子里能看到一样"东西"，应该就是我们所谓的灵魂吧！凡是生命都有消亡的一刻，此时猫的灵魂就在专注地思考死亡之谜。

如果你在这样的场合还有幽默感，你肯定会取笑哲学家的狂妄，他们居然认为只有人类才能意识到自己将不久于人世。除非你不想反驳无知的假学究的那些诡辩，否则此次经历将成为有力的佐证：毒药流经血管时，猫的躯体出现痉挛性抽搐，你口中说着抱歉的话，在这种场合必定会说的话，向即将逝去的生命表示永远的爱恋，并可怜兮兮地表达歉意，似乎自己对将要夺去对方生命的行为负有责任；你对没能保护它感到很内疚，明知无力回天，却抑制不住内心的负罪感，因为眼睁睁看着这样一桩罪恶发生，因为不由自主地成了共犯。

眼睁睁看着。

令人惊异的似曾相识的感觉，好像曾经历过这一场景。

可是在何地？何时？与谁一起？

好像忘了。

这些结局当中，有一个在上面说到的故事里成真了。

我是说，有一个结局在故事叙述者生活的平行宇宙中成真了。

是哪个结局，我不说。

我的生命已历经太多痛苦。

讲来讲去，人总是换一个故事来讲述。同一个故事，原有无数种可能，讲述时会成为某一个样子。故事每次登场都面孔迥异，衍生出众多版本，最终使人真假莫辨。

以至于他真实的人生故事竟然无人知晓。

人们再也认不出它。

所以，我倾向于说猫是这样离开的，哪怕事实可能并非如此：有天晚上，它和来时一样，没入夜色，消失不见了。

没有悲剧。

　　故事的真相，不是没有。从某种意义上说，我们知之甚多。它就像被静默之盒封藏起来，被搁置了。一旦打开盒子的盖子，看上一眼，有言语混入其中，一切就奇异地坍塌了，于是我们会想，不是，绝对不是，和之前一样，这回呈现的样子也不是真相，还得再来一遍：待盒子里的东西各归各位，小心地合上盖子，企盼着——明知不可能——重新打开的时候，已经发生的和可能发生的一切，将以不同的样子呈现在眼前；企盼终有一天，命运垂青，在浩荡无边的命数当中出现一次好彩头，盒子会呈现出自己内心希冀的样子。

　　有人说，这就像一边玩轮盘赌——红色、黑色，双数、单数——一边在心里期待着出现所梦想的数字，最终应验到真实的人生。

　　即便心底明白，这种游戏赢不了。

　　即便心底明白，不可能如愿以偿；明白追求那些结果得赔上一世。一世都不能成真。诗人会说：世世生生。

　　说到底，玩这个游戏，不过是为了输。

　　不过是为了再赌一次时，守在桌旁静观轮盘飞速转动：所有数字全叠在一起，再也看不清楚。

第27章　就当是

于是，一直如此。

我们自以为在讲某个故事，其实讲的却是另一个故事。

或者：我们自以为在讲一个全新的故事，但同一个故事总在反复出现，霸占了所有其他故事的位置，岿然不动。

因而每个故事都抵得上其他任何一个故事。

因为它们纠缠在一起，十分相近，难解难分，被悬置在虚空这洞中。但是这"无"中不乏"有"，虚空容纳所有这些故事，每样东西既是它本身也是自身的对立面。

我们可以在浩如烟海的故事中选一个自己喜欢的。无需信它，只要它能产生我们所希望的效果。

推开通往另一个世界的门，跟随……

什么？

一只黑猫？

或者：一只白兔？

在一个忧愁烦闷的日子，有只活物从面前窜过，停在一个洞口：看上去只是个兔穴，可它通往一条无尽漫长的隧道，不管是什么在指引，都让人忍不住跟随它来到这个世界。这里的一切都告诉你，你的人生秘密便藏于此。一场奇遇就此展开。当指引你的那只小动物消失在远处，也就是奇遇结束的时候。这再简单不过了。所有小男孩和小女孩一到听故事的年纪就知道这个道理了。

尽管长大之后，人们便不再相信这些写给小孩子的童话了。

这是当然。

只是，我们总会对这种从天而降的机遇怀有期待。

每一次新的期待，既是第一次也是最后一次。

从前有两次。

疯了？

我不否认。

既然这里的人都疯了。

爱丽丝站在岔路口，不知该走哪条小路时，栖在树上的柴郡猫就是这样对她讲的。爱丽丝观察这些路，它们全都通往未知。

"右边这条路通往哪里？"
"疯子那里。"
"左边这条呢？"
"疯子那里。"
"可我不想到疯子那里！"
"没办法。这儿所有人都疯了。"

"但我没疯。"

"可你想想，你要是没疯，就不会在这儿。"

在某处，同三月兔、疯帽子①一样，艾弗雷特和薛定谔永远端茶对饮、相谈甚欢。他们在讨论著名的态叠加原理究竟该有怎样的地位，在时间静止的座钟旁边庆祝无穷无尽的时光。柴郡猫栖在一株不知长在哪里的胡桃树上：森林里一块平淡无奇的空地，却能通往其他任何空地，因为每条路只要持之以恒地走下去，都能到达任何地方。

虽然找不到一丁点儿证据来支持我的论断，但我十分肯定，埃尔温·薛定谔的猫和刘易斯·卡罗尔的猫其实——奇妙的事实！——是同一只，它同时也是所有猫、任何一只猫。因为说到底，在任何时间、地点，这里或那里，现在或过去，只存在一个以猫的样子出现的生灵，它在不同的平行宇宙间穿梭自如。

这只猫在树上或在盒子里，一会儿出现，一会儿消失。它的轮廓刚在观察者眼前显现，旋即就消失不见。同样，它才躲开，又会在刚刚留下的空白处再度现身。因而对于这只

---

① 三月兔、疯帽子和柴郡猫都是童话《爱丽丝梦游仙境》中的人物。——译注

猫，只能允许它既在又不在。这一刻它在，下一秒即不在。它
浮在空中，外形好似时空的悄然扭曲，它借此游离于显隐之
间，这两种状态相辅相成。正如中国的古老传说镜花水月中的
面容，在水面上摇曳，事实上看见的只是极其模糊的表情。

不知预示着什么。

某种微笑，爱丽丝说，柴郡猫围绕着它反复出现和消
失，因此看它时最先、最后所见都是这个笑容。但它玄奥抽象
的髭须后面隐约可见尖尖的、令人不安的牙齿。难道它是在咧
嘴笑？猫脸被一个张开的伤口吞噬，甚至露出头骨，像一朵
肆意盛开的又黑又红的花朵，让人在看猫时目光全集中在那
里。似乎它身体的其余部分都不复存在，眼前只剩下这副无主
的鬼脸，随你怎样理解：它在轻蔑地撇嘴，表明宇宙中一切皆
空，皆虚幻；或者相反，在无声地大笑，善意地庆祝在世这一
美妙、浮华、无意义的事。

是其一？

还是二者兼而有之？

当然，我们不知道。

真正的寓言就有这种特性，它们并无寓意，而是将每个人的意识领到同一片谜一般华美的空虚旁边。井中倒映头顶虚无的天空，呈圆盘形状，学者和诗人站在一旁，仔细观察脚边这口井里的那一轮倒影。

从来没有定论。

薛定谔也说过类似的话。他断言没有什么是有价值的——若说有，也只有生命才有价值。其余的就不好说了。存在是什么样就是什么样，对它本身而言已经足够。使其运动起来并不会有任何结果：虚空里波涛滚滚，在无垠的时空中不断向前，永远抵不了岸。

因此，当我们执意要表达这无稽的景象有什么意义时，最合适的唯有沉默。学者和诗人按一定的方法把这些现象引入等式或诗行中，用符号、数字和字词进行研究，并且描述、模仿实在世界，甚至预见它的未来。可一旦要说出这一实在的本质，他们必须承认自己毫无头绪，不如缄口，由其他人替他们讲故事——只有一个故事，总是同一个，但讲出来总不一样——它一次次通向生命永恒空虚的真相，不过我们能够也必须那样做，好像从中为自己理出一个故事并非完全不可能。

"就当是。"爱丽丝说。

但孩子们喜欢说："就像是……"

就像是。

就像是我们在这儿又在别处，在那儿又不在那儿，不同又一样，死去又活来，过着自己的生活，同时又过着别的生活（这些别样的生活与自己的生活相比意义不增不减），在一个没有上下颠倒之分但总在对的位置的宇宙里。每一事物在其间既有自身的意义，又有别的任何意义。

爱丽丝当时就是这样。她同猫说话，然后跟随它走进镜屋：这是一处"就像是……"的地方，乍一看和我们的世界非常相近，只是一切都颠倒了。但是穿过水银涂层之后，我们意识到所有东西都开始变样，遵循其他规律，每一边都映照另一边，像底片一样展现出已经发生和可能发生的所有图景。变形是缓慢发生的，最初毫不起眼，随后呈现出最不可思议的样子。

人从小到大所有的思维经验都出自"就当是"。即便知道世界什么都不是，我们还是当它有一种意义，这样可以让爱做梦的脑袋有点事做，我们可以给自己讲个故事，将那些机缘轻拂唤醒的尘封事件串连起来，故事以老套的"从前"开篇：用过去之钥开启常通未来之门。即便我们选择说世界唯一的意义就在于它没有意义——这等于还是赋予了它意义，而且和其他意义一样未经证实——就当是周遭只有混乱、无序、荒谬的杀戮，虚无吞噬一切，仅诞生出寓言。

　　人们创造出另一种实在，为的是借助给自己提供的假设世界来思考所处的真实世界，把玩其中的内容，将拼图打散，看能否重新组织，用这个破碎世界的所有碎片组成一个更合理的画面。

　　为的是让故事，让那个久远的古老故事，永远不要讲完。

　　为的是一切能够永恒地讲述。

　　让结束的时刻永远不会到来。

第28章　一滴忧伤

那么，就当事情是这样结束的好了。

如果非得要一个结局的话。

但也正因为这不算是一个真正的结局。

三天两夜过去了。很难再假装若无其事。人们从不会真的傻傻地相信自己用来排遣痛苦的孩子气的伎俩。忙点别的——侍弄花园、整理屋子——想想其他事，自然能成功地减轻痛苦，毕竟没有什么念头能大到一直占据一个人的思想。尽管不时地突然从淡忘中醒来，又被唯一一个挥之不去的烦恼纠缠。

278

　　第三个夜晚即将降临。我不愿离开花园太久，总是回去，所以差不多在那儿安营扎寨了。我站在露台上，来回踱步，或是倚在胡桃树的树干上，差不多可以说坐在它四根主干分杈形成的凹陷处。为避免一次次离开我的岗位去厨房，我事先拿好了雪茄烟盒、酒杯，还有那瓶威士忌——瓶里的酒在飞速减少。

　　"你看见它了？"
　　"没有，还是没看见。"
　　"这回肯定是出什么事了。"
　　"你说能出什么事呢？"
　　"我不知道。可不然的话它早该回来了。"
　　"你不来睡觉吗？"
　　"我再待一会儿。把这杯喝完。"
　　"你是想喝完这瓶吧！"

　　生活中会有某个时候——每个人遇到它的时间可能不同——人们发觉自己被最微不足道的忧伤所烦扰。任何痛苦都会勾起其他所有的苦痛：已然经历的和将要经历的。

　　随着时间的流逝，苦涩之杯愈来愈满，也就是信徒所说的圣杯。我们希望有人把它移开，离我们远点。但没人能做到。倒不是说最后的时刻已经到来。可能还有许多这样的日子、这样的早晨。一定有的。但突然间，现在这个时刻又一次到来。亘古长存的茫茫黑夜笼罩整个世界，湮没周遭的一切，只剩下黑暗。这时我独自站在如宇宙般苍茫的沙漠当中，尽管这个沙漠看起来只有一个小花园那么大。我寂寥地站在草木沙石中间，黑暗中根本看不真切，身旁的胡桃树、枫树、丁香、金雀花和两株松树，还有几棵橄榄树——在宗教传说中，可怕的绝望仪式似乎就在它们旁边举行。

每个人都背负着一只承载忧伤的罐子，一滴微小的忧伤足以使它漫溢。而且一不留神，它会从四面八方流淌出来。我们感觉随时可能哭出来，但不知是为了什么事、什么人。这些眼泪和世上所有的悲伤一样，不管是自己的还是别人的，是大悲还是小戚，因为它们同样表达了面对光阴无情的感伤。时间带走一切，它把我们钟爱的一切一个接一个推向虚无，不留给我们任何可以依赖的东西。

揭示虚无的时刻到来了，午夜的钟声敲响——午夜只是虚指，它可以是任何时候，当你像个傻瓜一样被丢到这个显而易见的事实面前，所有思想家演算到最后都会得出这个结果，当最微不足道、最无关紧要、最不相干的原因突然让这个事实摆在我们面前才是最震慑人心的时刻。

一点虚空。

一滴忧伤。

一件不值一提的事，比如一只猫的消失：它没入夜色，从哪里来又回哪里去了。

在巨大的不幸面前，人不会哭泣。

因为绝望的全部力量都会把你变得比以前更强大。况且，在这样的情形下也别无选择。除非崩溃。你惊讶地发现自己变得坚不可摧。但有一天，一点点苦痛都能让你脆弱得不堪一击。就好像虚无耐心等待你解除防线，在你最软弱的时候出击。趁你没有防备。

轻轻一弹，一切就都化为灰烬。

讽刺的是，每一次哀悼都会使过去隐隐的伤口再次开裂。这些伤从来没有完全结痂。只消轻轻一刮，旧阀门就会重新打开，从这里流失的是整个身体。失去任何东西都相当于失去一切。人们因为什么的消失、谁的叛逃而感到神伤——坦白想想，对它们其实并不十分依恋——好像被截肢一般。如果说每次苦难都令人难以忍受，哪怕知道它没有意义，甚至毫无来由，这是因为它使得以往所有苦难都鲜活起来：最后一剂痛苦加在之前所有痛苦之上，强度也就相当于我们以为已经战胜的以往苦难之和——但我们发现其实并非如此，所有的痛苦都原封不动在那里。

我倒是想哭，如果可以——如果不是早已失去了流泪的能力。没来由地落泪。在悲伤的体验中寻得一种比酒精更强烈的醉意。我任由自己陷入这种奇异的眩晕，感觉自己什么也不是、谁也不是，感受着世界没入虚空的莫名运动。但在这虚空当中你会强烈地确信生命中曾经是、现在依然是最为重要的东西，好像你突然间以未曾有过的方式重新存在。

而我年近半百、阅世不少，对此了然于心。我早已明白。尽管如此，我还得惊讶于自己会因为这一微不足道的消失事件而明显受到影响。于是我意识到自己内心某个角落还是因为这一愚蠢的经历而受到了触动——像人们说的，感到揪心——一只根本不属于我、我连名字都不知道的猫，只是来我身边过了几个月，它终有一天要离开，这很正常，正如它现在所做的一样。我就是这么想的。

说实话，对于这个发现我感到既难过又庆幸。难过是因为它提醒我，我完全不能、并且以后再也不能摆脱悲伤。但我又庆幸，因为与此同时我感受到我身上保留着一种鲜活的东西，我借助它依旧可以体会到生而在世的可怜，而正是这种感受将我与过去的我维系在一起。

猫的离开给我造成的一点痛苦，我把它看作一个傻傻的证据，证明我内心没有变，心灵深处的某个地方还会感到钻心的难过。在我看来，唯有这种难过能说明一个事实：我活过。

对于失去宠物的人，别人一边礼貌地表示关切，一边有点嘲笑他们的伤感。世上有的是更大、更值得同情的不幸。每个人都知道。即便是那些无法平复这一悲伤的人也承认，应该忍受苦痛，除此之外，还要忍受随之而来的羞愧，因为即使在他们自己看来，他们感受到的这种沮丧心情也是一点都没道理的。他们表现出忧愁，并且难为情地道歉，承认把一文不值的东西看得这么重要总归很傻。同时也知道自己错了，找不出任何像样的理由为自己辩解，但他们很固执，对别人的看法不管不顾，不把认为他们的悲伤不值一提的人的看法放在心上，其实那些人的看法是有道理的。

"可毕竟……"

通常，他们几乎只能找到这句话来为自己辩护。

毕竟，就这样失去心爱之物还是很令人难过的，只要有人愿意听，可怜的人就会一遍遍重复可怜的话，像老人和孩子说的那些话。只不过，有一天这些话从自己口中说出，我们还是大吃一惊。因为我们没想到自己还这么小。或者已是这么老。

他人的悲伤不管出于多微小的缘由，我们都唯恐不能表达出足够的温柔与尊重。因为在一个四处都洋溢着同一种虚伪的快乐和满足的世界，悲伤就像是一种割裂的方式。有时，任何人都可以借痛苦对令人难以忍受的命运进行反抗。这反抗是谦卑的、悲壮的，宣称（尽管很傻）死亡不应该降临、爱不应该磨灭。当一个小男孩或小女孩告别自己的狗、猫、仓鼠或金鱼，并且固执地不愿意听大人安慰他们的言语时，与随便哪位教条地解释生命即是如此、必须承认这场将一切推向虚无的浩大运动的哲学家相比，小男孩和小女孩永远更接近真理。

失去心之所爱。由于一次不够，一生当中必得一而再、再而三地失去。毕竟，重复是唯一有效的教学法。把存在当作一段漫长而可怕的预习，为遁入虚无做准备。

"你难过吗？"

"我当然难过。"

"它可能还会回来。"

"你很清楚它不会。"

"有时候猫会回家的。"

"但你要知道，我们的猫不会。别人的生活里或许有奇迹，但我们的生活里没有。"

"有的猫过了几星期、几个月还回家呢！"

"你说这话自己也不信。"

"你想让我说什么？"

"什么都不说！"

"好吧，我什么都不说。"

"一只猫！再怎么说，这个要求也不过分啊！其他东西都不要，只求把这只猫留给我们！"

"这不能改变什么。"

"对你来说可能是这样。"

"你这样觉得？"

"但对于我，我身边就会有一只有生命的小东西了。"

很晚了，街坊邻居窗子的灯光都已熄灭。威士忌酒瓶空了。我明白这很幼稚，但我想着要去找猫，把它带回家，放在躺在床上的她身旁。就像必须要有happy end①的儿童电影里那样。完成一项任务。成为什么英雄。就此将功抵过。也就是说：弥补我对她犯的错。但我知道，我并不用负什么责任。我不需要请求原谅，向她、向任何人。我没有罪，

① 英语：好结局。——译注

我和她，和任何人一样，是这个必须称之为命运的东西的受害者。即使（我很怀疑不可能）我把这只曾以猫的样子出现在我们身边的小生命带回我们家——我是说：带回"它家"——这也改变不了任何东西。因为我们无论怎么做都不可能真的弥补已经发生的悲剧。

或许它在附近游荡。优哉游哉。几天来在那些空房子之间闲逛。或者，其中一栋在这个季节还有人住，它就安顿下来了，把我们忘得干干净净，好像没有过这回事儿一样。但我有个挥之不去的念头，它在某处等着我，喵呜喵呜叫着想向我传递一个信息：它病了，受伤了，奄奄一息，被车撞到，摔在树篱脚下，或是拖着破碎的身躯爬到过道边，不能动弹，回不到我们正在等它的花园里，绝望地企盼有人来救它。而这个人，我像个傻子一样想，只能是我。

于是我出去找它。应该是凌晨一两点的样子。要知道我喝得有点醉。另外，由于把眼镜忘在厨房的桌子上了，我看不清远处，只觉得路灯投下的大块黄色在黑暗中形成模糊光晕，并且很晃眼。我像个瞎子一样走着。东倒西歪，肯定是那样。

我想叫它。这时我才意识到，要叫一个不知其名的人有多麻烦。我喊着："猫！猫！"但声音不太高，因为怕显得很傻，也不想惊醒邻居。希望它就算听不出它的名字，也会认出我的声音。就好像我不是在叫猫，而是在呼唤、乞求夜晚，向神秘的神灵祈祷，希望神灵答应把从我这里拿走的东西还给我。

有许多故事讲述失去主人的动物如何对主人保持忠诚。我猜想世界各地都流传这类故事，供人类颂扬一种忠诚。他们将其寄托在动物身上，完全是因为自知丝毫不具备这一品性，原因是他们缺少使自己可以对物、对人表现得足够忠诚的灵魂力量。这些故事都一样，讲述一个生灵宁愿死去、当场消亡，也不愿离开与所爱之人有关的地方，他的墓地，他和自己的碰头地点，好像无法放弃他会回来的希望，被这个挥之不去的忧伤念头死死纠缠。

讲述由于失去主人而死去的猫猫狗狗的故事。

而我呢，我问自己，仍旧活着的我又怎样？

一只猫在黑夜里寻找它的主人。在某处：在中国，肯定是。它离乡背井，跋山涉水，走访外域，穿越陌生地带，始终不放弃希望，要找到它的记忆依然在追寻的那个人的痕迹，为此它战胜了故事里经常讲述的重重艰难险阻。在那些看见它远远经过的人眼中，它成了传奇，他们口口相传它为了自己的坚定目标所做的执着探险。直到有个神灵怜悯它，授其神意，将它的外形化为天上的符号：几颗黯淡的星，远离其他星星在闪烁，组成的图案有点像悬空的微笑，晚上出现，早晨消失；这个微笑是讽刺或者友善，人望向它时仿佛看见周围隐约出现一个身体，尾巴一摇一摆地保持平衡，如同永远打着节拍的节拍器。

或者相反。

夜色当中，有位主人在找他的猫。因为和其他所有故事一样，那个传说也可以反过来讲。说到底，这个版本更为合适。因为这只猫更应该是其主人的主人，正如其他所有外形千变万化的猫一样。迷失的是我，不是它。由于它的消失，我彻底懵了。我从它身上学到的最后一课是以诀别信号的方式收到的，这对于圆满结束一年当中它给予我的教导是不可或缺的。第一次现身的那晚之后，它出现、消失，正如日后一遍遍所为，再没有什么比它的出现更静悄悄。它给我们短暂的恩典，让我们可以宠爱它，虽然我们意识到它也略微有所回报，但它从不会让我们认为它真的属于我们，这意味着它只是在我们身边经过，所有东西都是如此。

我原本不该惊讶它最终的离开。它来到这世界就是为了更好地准备它的离开。现在，它走了。留我孤单一人。关于如何消失，这只猫曾是我的师傅。我是说，如果我能接受它的调教，它应该就是我的师傅了。因为，即使一直知道真相也

288

徒劳，没有人能够永远拥有真相。它只是一闪而过，转瞬即逝。在夜色中，当你生命中的阴影变得厚重，当虚无之杯已经盛满，多一滴就要溢出，这时，最微小的悲伤都会向你揭示一件你早已知道的事：从生活当中学不到什么，它只告诉你，你所钟爱的一切都会被夺走，不该对任何东西或人产生依恋。不过，失去的代价从来不能只按照失去之物的代价来计量。

于是我在黑夜里走了很久。我寻遍了所有曾看见它的地方，那时它还没在我们家（它家）安顿下来，晚餐过后我边抽雪茄边散步，听见它在黑暗中喵喵叫着吸引我注意，确认我允许它跟随我、和我一起回家，那里有足够它吃的东西以及供它睡觉的地方。我从滨海大道的一头走到另一头，路旁栽着松树，沿途不时会有一些看上去完全相同的别墅，当中的某一幢可能就是它过去的住处，可能它现在已经回到那里了。它从树篱上面侦察，试着窥探黑暗中的废弃花园，试图观察到紧闭的百叶窗后面有生命的迹象。它像个贼，或者灵媒。

不经意间，我走上了去往海滩的路，潮水退到最低线，渔民的小屋之间露出一大片海滩，点缀着波光粼粼的水洼。这些小屋都建在基桩上，周围有一堆礁石。远处可见河口上方一座桥的弧形轮廓，桥上灯塔还在黑暗中孤零零地亮着，光束直指漆黑的苍穹。我原路返回，巡视了一圈体育场、垃圾场、中学、商业区等场所的附近，连散布于城市外围的休耕地也找了个遍。

不知道是不是酒精的缘故。抑或：疲惫，忧伤，还有面对这世界无动于衷的愚蠢与残忍而产生的愠怒。我感觉像是在梦游。醉醺醺，没戴眼镜，加之夜色愈来愈浓，什么都看不见。我呼唤（"猫！猫！"）的声音越来越没了底气。

结果我迷路了。至少：我最终感到自己迷路了。虽然半醉半醒，但我明白在这么小的城市里不可能迷路。可是这么多垂直相交的路，这么多外观相像的房屋（样子荒唐，像建在海边的山中木屋，屋顶倾斜、呈三角形），由于兜着圈子游荡，肯定让人有种感觉，好像已多次经过某处，总是回到同一个十字路口。似乎世界正好呈现出一个平淡无奇的迷宫样子，既陌生又熟悉，每个新景致都和上一个相同，前方永远都找不到出口。

我走了太久，等我找对路，第一缕晨曦（如诗人所说）已经出现在天空，一种不纯净的白色打湿了地平线。我看见了家。我傻傻地想，糟糕的一夜要结束了，我将回到床上，明天又是新的一天。推门的时候，我心想，猫一定正在花园等我，就像是它跟我们玩了一个无伤大雅的恶作剧，像以前它常玩的那样。

或许，故事都这么收场。

但是，我终于进去之后，猫不在那儿。我非常累，就躺下了。我睡得很浅，梦见继续找猫，不是真的梦，倒是半睡时的一种麻木状态。白天的画面和夜晚的混杂在一起，对刚经历过的事情的回忆，当下持续的担忧，很久以前的快乐时光，所有这些以非常奇怪的方式组成一个不可能的故事，头脑努力但徒劳地指挥这团莫可名状的精神物质，隐约向一个故事靠近，而这故事的含义在黑暗中时隐时现。好像我终于找到我真实的人生故事，它不仅包含已经发生的一切，也涵盖可能发生的一切。但根本不可能讲述它，因为没有人能够胜任。所有尝试讲给自己或别人听的人生真实故事，都是些可怜的伪装，是灾难过后堆积在身边的碎片和垃圾。无限的可能就此坍塌，碎落在脚边，镜子的细小碎片散落各处，幻象破灭了，碎片在虚无当中徒劳地闪烁。

睡睡醒醒。

黎明。

当夜的墨水还在浸染世界的苍白，像吸水纸一样，吸干了白昼纸页上的墨渍，墨渍的形状和意义因人而定。

通过讲述而定。

第29章　作为结语

根本不要相信别人讲的故事。所有故事的含义和寓意都由人赋予。即使是真实发生的故事，在之后的某个时间（明天），另外的某个空间（别处），也只不过是个编造的寓言罢了。

只要它们将你带到你想要去的地方就足够了。通常，这意味着：只要它们把你带回你出发的地方。

孔子——如果这话确实出自他——说得没错：在黑夜里逮一只黑猫，世上最难的事莫过于此。

尤其是如果没有猫。

也许正因如此，相传子不语怪力乱神，不谈梦和幽灵，以及人们诚惶诚恐地相信的所有那些非物质的、不确定的东西。

他是对的。

智慧要大家不去纠结不存在的事物。

然而，我们寻找的不正是不存在、不拥有的东西吗？事实上，我们可能并不相信它们，但通过假设还是赋予其一定的存在。哪怕只是为了在黑夜里前行一点点，甚至根本不指望到达某处。

我们可以在夜晚找一只猫。尤其是如果知道那里并没有猫。我们很清楚找的不是它，而是其他东西。这其他东西也同样找不到。我们假装相信各种自己几乎不懂、或者压根不懂的故事，虽然不信但明白重要的不是信故事，而是对寄托于故事的信仰深信不疑，仿造出明显不真、无法理解的信念，没想到更没指望这些信念成为自己的一部分，早就得知自己永远不会懂，但由于有信念的存在就不会拼命想理解任何其他。即使这"其他"说到底也不过是揭示一切终归于此的空虚真相。

像孩子一样"就当是……"，孩子躺在床上、被阴影围绕时，假以时间和空间会想象出一些心底并不相信的怪物，这些怪物晚上呈现出孩子想象的样子来到他们身边。

"一个假想实验。"学者说，他们丝毫不认为可以借助它来企及真实世界的真相，而是提出往往很疯狂的假设，再构建抽象、不可能的办法进行验证。在这个过程中它们悉心观察、努力攻坚，为的是说服自己：世界的未解之谜不一定无解。

也可说成：一则童话，一则寓言，一部小说。

一则故事，随便是哪个，毫不起眼，无头无尾，没有发生什么。但它足以在时间的巨大寂静当中响起一句古老的"从前"，以此为起点不断重新开始。

之前讲的"最后一次"之后，我再也没见着这只猫。我承认故事就是如我所述的那样结束的。关于它在我身边的这一年——"猫年"，我没有留下任何称得上具体可感的证据表明它来过。这可能全是我编造出来的：关于猫的故事，黑夜里几个没有名字的女人和小孩的声音，我生活的记忆，被别人当成"我"的这个人的记忆。我把这些全部搅在一起，甚至还有一点非常高深的理论碎片，但别以为它们能准确地对应到哲学或科学领域。

所有这一切都是自然发生的，我对它们并不清楚。我对量子物理和对自己的生活一样知之甚少。二者对我来说同样高深莫测。真是这样。那么，就当全是我编造的吧！今晚——是第一次也是最后一次——为了排遣忧伤，我想象，就在我眼前，花园的阴影里出现了一个以猫的样子现身的东西。

我现在还常去海边散步。总是在天黑之后。从右边走，然后沿沙子小路一直走到海滩。我待在那儿，久久地看海浪与云，还有悬着一轮明月、映着星星微光的墨色天空。接着我往回走，经过那些百叶窗紧闭的别墅。到处都没有生命的迹象。我左顾右盼，心想说不定能看见黑暗里出现信号，一个正消失在虚空中的微笑。

我想我仍然相信我编造的这个故事。如果我都不信，还有谁会信它？还有，如果没有一个人相信它，它还会剩下什么？

就这样，我在黑压压、沉甸甸的天空下朝家走去，它也不是我家。一些傻念头在脑子里打转，我心想，如果一件东西可以既在又不在，如果任何事物既出现便必然会消失，那么反过来说也没理由不成立。

我在黑夜里寻找一只猫。

它不存在。

或者：存在。

译后记

> "观自在菩萨，行深般若波罗蜜多
> 时，照见五蕴皆空，度一切苦厄。"
>
> ——《般若波罗蜜多心经》

色也。空也

一

第一次见菲利普·福雷斯特（此前都译作福雷）是在2004年3月的巴黎书展上，记得当时他负责和韩少功现场访谈。那次书展是"华文做主宾"，整个展馆布置得跟洞房花烛一样，大红灯笼中国结，细木框的宣纸屏风上是泼墨的草书和狰狞的钟馗……我是爱热闹的人，于是天天挤地铁赶集似的跑去凑热闹：密密麻麻的书，挤挤挨挨的人，紧锣密鼓的论坛和见面会。此前我没读过福雷斯特的书，一本也没有，也不知道他的来历，感觉这个喜气洋洋的书展上就他一个人哭丧着脸，特别煞风景。

真正认识福雷斯特是2005年10月，我给巴黎人文科学之家和南京法语联盟合办的"中法作家文学交流会"做现场翻译。与会的有南京的苏童、毕飞宇、朱朱，山西的李锐，香港的梁秉钧，加拿大的应晨，法国的弗勒蒂奥和福雷斯特。会前两周，我抽空看了《永恒的孩子》、《纸上的精灵》和《然而》。终于读懂了福雷斯特镜片后面那抹掩不住的"林深不知处"的寂寥：1995年冬，女儿波丽娜刚过完三周岁生日，热切盼望看到她生命中的第一场雪。而几周后的一个下午，一次例行的儿科健康检查打破了生活的秩序，小姑娘被查出患有尤文氏瘤，死神于次年4月掳走了它稚嫩而无辜的猎物。也许没有这场变故，父亲会一直满足于做单纯的学者，教教书，写写关于法国先锋派的论文。"我知道自己无力胜任写小说，没有想象和观察力。我唯一的能力是在阅读时施展这种才能。"只是生活从来没有也许……

于是开始"我"的写作。1997年，《永恒的孩子》在伽利玛出版社出版，获该年度费米娜最佳处女作奖。回忆还那么切近，赶紧，赶紧，"在时间的灾难中进行于事无补的抢救：保留刹那一个动作、一句话的残骸"，尽管写作只是"一项无关紧要的工作"，看着死亡的嘲弄，"睁着眼睛面对随着时间推移不断黯淡下去的深不可测的黑暗，看着那张可爱的脸在黑暗中泯灭。"《漫漫长夜》（中文版译为《永恒的精灵》）见证了这一绝望而徒劳的抗争，年轻的母亲阿莉丝在"死一般的、无可挽回的痛苦中"质问丈夫："你企图用一本书来取代她吗？"

当周围的一切无休无止地暗示他们：如果固执地拒绝生第二个孩子，其结果要么是发疯，要么就是无法再忍受彼此，最后患难夫妻劳燕分飞。他们选择了出逃。旅行可以让人把过去生活的茧留在原地，就像蛇蜕下的那层旧皮。福雷斯特开始研究日本文学，大江健三郎、津岛佑子、夏目漱石，在别人的文本中寻找出口。他的第三本小说《然而》便是一种迂回的进入，经由三位日本艺术家——诗人小林一茶、日本现代小说之父夏目漱石和第一个拍摄长崎原子弹爆炸罹难者的摄影师山端庸介——的曲折人生，再次潜入自身痛苦的谷底，在虚空中寻找启示："露水的世，虽然是露水的世，虽然是如此。"虽然从此只剩下了虚空，这虚空已足够填满此后所有的时间和全部的心灵。2004年，《然而》获法国"十二月"文学大奖，理由是作者"投身于当今真正的文学创作"。

福雷斯特的故事打动了我，很快我成了《然而》中文版的译者。

二

一晃，十年。

这期间，不时收到福雷斯特的新书，《所有的孩子，除了一个……》、《新爱》、《小说，真实》、《文学与哀悼》……每次我去法国，菲利普都会约我在法兰西路114号塞纳河畔的"青蛙&英伦书店"（The Frog & The British Library）见个面。一是离他在巴黎的住所近，二是我从地铁站出来容易找，餐厅和密特朗国家图书馆隔岸相望，旁边就是醒目的MK2电影院。远景是蓝天（印象中我从没在阴雨天到过这个区），四栋巨大的玻璃建筑像四本打开的书遗世孤独地杵在一大片寂寥的空地上；近景是热闹的街市，急匆匆的行人，黑黢黢的塞纳河水，憩在路灯上发呆的鸥鸟，附近拖了几年都没有盖好的叮叮当当的工地。菲利普抽雪茄，一支接一支的瘾，所以法国禁烟运动之后，冬天再冷，我也只能裹着大衣陪他坐在门口的露天咖啡座上聊天，忍受工地传来的折磨人神经的噪声。他抱歉地笑笑，无奈地耸耸肩，我口是心非地说我不介意。

前一次见面是2012年1月，聊各自新出的书、参加和没参加的研讨会……菲利普轻描淡写地说他当了《新法兰西杂志》的主编，比以前忙碌了许多，又说他在写一部新书，还没太想清楚行文的结构和肌理。工地的动静闹得我有些心不在焉，走的时候竟然忘记把准备好的小礼物拿给他，快到地铁站的时候才想起来，我于是打电话，两人从两个方向折回来。站在十字路口，菲利普打开盒子，是一个如意书签，图案是孔子。"太巧了，刚才忘了告诉你，我正在写的书里就有提到孔子，这是天意。"

三

一年后，我收到菲利普寄来的新书：《薛定谔之猫》。果真，开篇就扯到了孔子：

在黑夜里逮一只黑猫，有人说，世上最难的事莫过于此。尤其是如果那儿没有。

我的意思是：尤其是如果我们四处找寻的夜里并没有猫。

有一句中国谚语就是这么说的，但作者不可考。相传是孔子……

孔子是西方人爱耍的宝，中国（毋宁说是东方）的智慧把作者和读者引向一条思考虚实、生死、宇宙的路径。吠陀说"我即众生",《摩诃止观卷》也说:"若解一心一切心,一切心一心,非一非一切,一阴一切阴,一切阴一阴,一切究竟一究竟……一法一切法……一切法即一法。"一切法"缘起性空",福雷斯特之所以受到佛学的吸引,或许就因为它可以帮助他放下如露如电如梦幻泡影的过往,不分别,不妄念,不妄执。"色不异空,空不异色。色即是空,空即是色。受想行识,亦复如是。"

回到《薛定谔之猫》这个文本,"空"对应的是黑夜,是梦,是故事,是世界的虚无和渐渐模糊的记忆。那只在花园尽头的黑暗中突然蹿出来又一溜烟消失不见的猫是虚无的使者,是埃尔温·薛定谔变态的假想实验的主角。把一只猫放进一个不透明的盒子里,然后把这个盒子连接到包含一个放射性原子核和一个装有毒气容器的实验装置。这个放射性原子核在一小时内有百分之五十的可能发生衰变。如果发生衰变,它将会发射出一个粒子,而发射出的这个粒子将会触发这个实验装置,打开装有毒气的容器,从而杀死这只猫。根据量子力学,未进行观察时,这个原子核处于已衰变和未衰变的叠加态,只有一小时后打开盒子,实验者才能看到"衰变的原子核和死猫"或者"未衰变的原子核和活猫",二者必居其一。然而,根据我们在日常生活中的经验,只要我们不揭开盖子,那么这只猫既可以是活的,也可以是死的,它就可能有两个本征态。"一明一灭一尺间,方生方死未明时。"

如果不揭开盖子,如果生活可以有另一种可能,如果另一个世界存在另一个我。"如果我的女儿没有死。如果她没有生病。如果她没有出生。如果我拥有过别的爱情。如果我过着别人的生活。如果我是另一个人。如果我没有出生。"曾经的我，本应有的曾经，曾经幸福过、悲伤过、活过，"我想起来我曾经就是这样一个人。我幻想我本应成为另一个人。"是谁偷走了你真正的生活，留给你可笑的赝品，福雷斯特问："我到底是谁？"

四

我承认量子力学让我感到一阵阵晕眩，不过作者在《薛定谔之猫》的开篇引用了一句毕加索的话让我得到些许慰藉："当我读一本爱因斯坦写的物理书时，我啥也没弄明白，不过没关系：它让我明白了**别的东西**。"重要的是在混沌中看到"别的东西"，这就是这本灵感来自量子物理的"量子小说"最大的意义。上帝不会掷骰子，所有的偶然都是宿命。如果一切重来，世界还会像《西德海姆的来信》中所描绘的那样："罗马帝国会再次衰落，科尔特斯会再次蹂躏特诺奇提特兰城，尤因会再次远航，艾德里安会再次被轰成碎片，我和你会再次睡在科西嘉的星空下，我会再次来到布鲁日，再次爱上伊娃，再次失恋，你会再次读到这封信，太阳会再次变得冰冷。尼采的留声机唱片播放结束时，为了无穷无尽的永恒真理，撒旦会再次演奏它。"既然命运已经写好，盖上封印，那就让我们试着去接受，接受生之美好和残酷。

虽然"孩子的故事"还在那里，不过痛苦已经被磨平了棱角，不再尖锐得令人窒息。回忆在消解，就像波函数的坍缩，它不再暴胀侵占所有时空，而只是在某个平行世界里游弋，遥远得像一颗或许已经熄灭了许久的星星。一滴忧伤。

"每个人都背负着一只承载忧伤的罐子，一滴微小的忧伤足以使它漫溢。而且一不留神，它会从四面八方流淌出来。我们感觉随时可能哭出来，但不知是为了什么事、什么人。这些眼泪和世上所有的悲伤一样，不管是自己的还是别人的，是大悲还是小戚，因为它们同样表达了面对光阴无情的感伤。时间带走一切，它把我们钟爱的一切一个接一个推向虚无，不留给我们任何可以依赖的东西。"

所以一个失去宠物的人对这滴忧伤的认识会让我读到落泪，那一滴忧伤也击中了我包裹严实的内心：

毕竟，就这样失去心爱之物还是很令人难过，只要有人愿意听，可怜的人就会一遍遍重复可怜的话，像老人和孩子说的那些话。只不过：有一天这些话从自己口中说出，我们还是大吃一惊。**因为我们没想到自己还这么小。或者已是这么老。**

他人的悲伤不管出于多微小的缘由，我们都唯恐不能表达出足够的温柔与尊重。因为在一个四处都洋溢着同一种虚伪的快乐和满足的世界，悲伤就像是一种割裂的方式。任何人有时都可以借痛苦对令人难以忍受的命运进行反抗。这反抗是谦卑的、悲壮的，宣称（尽管很傻）死亡不应该降临、爱不应该磨灭。当一个小男孩或小女孩告别自己的狗、猫、仓鼠或金鱼，并且固执地不愿意听大人安慰他们的言语时，与随便哪位教条地解释生命即是如此、必须认同这场将一切推向虚无的浩大运动的哲学家相比，小男孩和小女孩永远更接近真理。

人们失去心之所爱。因为一次还不够，一生当中必得一而再、再而三地失去。毕竟重复是唯一有效的教学法。将存在当作一段漫长而可怕的预习，为遁入虚无做准备。

当"轻轻的风轻轻的梦轻轻的晨晨昏昏"变成"流逝的风流逝的梦流逝的年年岁岁"，我反复地学习失去，但在每次失去的时候，我还是没能做好准备，没想到自己依然这么小，又已经这么老！

五

从《永恒的孩子》、《纸上的精灵》到《然而》到《薛定谔之猫》，福雷斯特的写作在经历一种稀释，仿佛一滴墨滴落在一池清水里，情节、情感和记忆慢慢晕染开，从有到若有到若无到无，这也是一个"悟空"的心路历程，很物理、很哲学也很宗教的命题。写作手法也越来越散，越来越自由，句子可长可短，从心所欲，或梦呓、或儿语、或琐碎具体、或简约玄虚。浓与淡，究其底还是那滴墨，还是那个哀悼的故事，福雷斯特说所有的故事其实都是同一个故事，都始于神话中那个创世纪的混沌之初，我们生活在平行宇宙（而不自知），像《罗拉快跑》、《盗梦空间》、《云图》里的情节，你真的相信眼见为实？

在书中，福雷斯特煞有介事地编了一个中国传说：很久以前存在两个世界——我们曾经的世界和镜子的世界。人们可以在两个世界自由穿梭、来去自由，生活非常融洽。两个世界截然不同，哪一个都不是另一个世界的倒影。直到有一天，镜中人决定入侵我们的世界，于是，一场旷日持久、可怕的战争开始了，最终我们的阵营取得了胜利，击退了入侵者，把他们赶回他们的地盘。从那时起，为了把两个世界的通道堵上，以免再次发生冲突，人们到处竖起了无法穿越的金属板或玻璃，后来人们给这些挡板取名叫镜子。战胜者给战败者施了魔法，让后者只能拥有前者的样貌，被迫模仿他们的每一个动作。不过故事并没有结束。传说终有一天，镜中人会复仇，要砸碎囚禁他们的透明牢笼，夺回错失的世界……

恼人的是：我们究竟生活在镜子的哪一边？谁知晓？

译 者

2014年3月，和园

《法国名家诗选》

飞白◎译

本书收入法国自中世纪至20世纪中叶近50位诗人的代表作300余首，每位诗人都附有介绍和点评，并配以200多幅精美的原版图片、封面和诗人手迹。近万字的前言系统地概括和阐述了法国诗歌数百年的发展史。

飞白，1929年生，著名翻译家，浙江大学中文系教授、美国尔赛纳斯学院英文系客座教授、云南大学外国语学院教授，主要成果有《诗海——世界诗歌史纲》、《诗海游踪——中西诗比较讲稿》等专著3卷，《古罗马诗选》、《英国维多利亚时代诗选》、《谁在俄罗斯能过好日子》、《哈代诗选》等译著17卷，主编《世界诗库》、《世界名诗鉴赏辞典》等编著18卷，人称"诗海水手"。曾获中国图书奖（两项）、国家图书奖提名奖、全国优秀外国文学图书奖（两项）等多种奖项以及国务院颁发给有突出贡献专家的特殊津贴。

海天出版社 2014年9月版　　定价：**68.00** 元

《维昂小说精选》

在法国，鲍里斯·维昂意味着传奇、天才，意味着一切

傅雷翻译出版奖获得者金龙格先生领衔主译

维昂与萨特、波伏瓦、加缪等人的交往在文坛上传为佳话，他在音乐、戏剧等方面的天才与贡献令人赞叹，而他在观摩根据自己的小说改编的电影时猝然去世则让人扼腕。

一个值得认识的作家，留下了许多值得一读再读的作品。

上册收入《岁月的泡沫》和《我要在你的坟墓上吐痰》两部小说。《岁月的泡沫》被誉为"法国当代第一才子书"，已成为20世纪法国文学的经典；《我要在你的坟墓上吐痰》则证明了他的另一种天赋，他能把放纵、仇恨和残暴表现得丝丝入扣。

下册收入《红草》和《摘心器》两部小说。《红草》所叙述的是一个融真实与怪诞、幽默与诗意为一体的故事，虽然整体透出一种悲凉的气氛，带有浓重的哲理思辨色彩，但也不乏幽默诙谐的笔调。《摘心器》直面童年、道德与宗教三大问题，对潜意识进行了深入探究。评论认为，该书是维昂写得最深刻的小说。

海天出版社 2014年1月版　上册定价：**35.00**元　下册定价：**38.00**元

《恋爱中的卡夫卡》

［法］雅克琳娜·拉乌-杜瓦尔◎著

海天出版社 2014年1月版　定价：33.00元

　　这是法国著名女作家雅克琳娜·拉乌-杜瓦尔根据历史事实创作的一本纪实小说，在国际上引起较大反响，至今已有美国、英国、德国、日本、俄罗斯、意大利、土耳其、匈牙利、波兰等十多个国家出版了译本。法国《世界报》评论说："关于卡夫卡的书多如牛毛，但很少有像这本这样生动地重现了卡夫卡奇特的爱情世界"。

 本色文丛系列

《淘书·品书》

侯　军◎著

海天出版社 2014年1月版　定价：32.00元

　　跟着文化大家侯军去淘书，从京津到沪上，到西北到东南，如果还不满足，那就去英法德日，香港自然也是一个淘书的好去处。这个坐拥书城的茶文化专家，品书如品茶，香醇浓郁的书香从他老道的文字中散发出来，让人回味无穷。

《西风·瘦马》

沈东子◎著

海天出版社 2014年1月版　定价：**32.00**元

　　作家、翻译家和文学编辑"三合一"的沈东子向大家娓娓道来他的编、译、读三味，谈他编的书，讲他译的书，聊他读的书。一个个文坛掌故从书里书外向你款款而来。优美的文字、轻松的笔调、幽默的语气给人以莫大的阅读享受。

《书人·书事》

姚峥华◎著

海天出版社 2014年1月版　定价：**28.00**元

　　正如胡洪侠所说："有一种人，他们连鸡蛋都懒得吃，他们只想认识下蛋的母鸡"。那好，跟着姚峥华走吧！这个多年来负责图书周刊的资深编辑，是带大家认识书背后的人的绝佳向导。写书人、评书人、编书人、译书人在"姚言"中纷纷揭开自己的面纱。